中国好诗

第七季

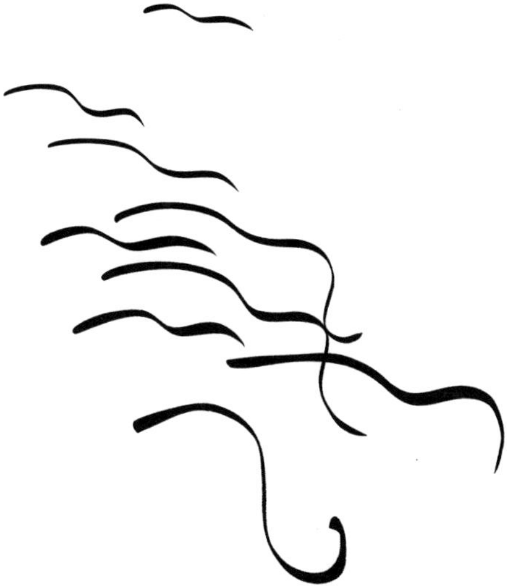

野象群

丁小炜 著

国际文化出版公司
·北京·

图书在版编目（CIP）数据

野象群 / 丁小炜著．-- 北京 ：国际文化出版公司，2022.8

（中国好诗．第七季）

ISBN 978-7-5125-1431-7

Ⅰ．①野… Ⅱ．①丁… Ⅲ．①诗集－中国－当代 Ⅳ．① I227

中国版本图书馆 CIP 数据核字 (2022) 第 121870 号

野象群

作　　者	丁小炜
责任编辑	戴　婕
选题策划	彭明榜　高　健
出版发行	国际文化出版公司
经　　销	全国新华书店
印　　刷	北京精彩世纪印刷科技有限公司
开　　本	889 毫米 ×1194 毫米　　32 开
	6.5 印张　　110 千字
版　　次	2022 年 8 月第 1 版
	2022 年 8 月第 1 次印刷
书　　号	ISBN 978-7-5125-1431-7
定　　价	55.00 元

国际文化出版公司

北京朝阳区东土城路乙 9 号　　邮编：100013

总编室：（010）64270995　　传真：（010）64270995

销售热线：（010）64271187　　传真：（010）64271187-800

E-mail：icpc@95777.sina.net

丁小炜　重庆云阳人。军旅诗人、作家。中国作家协会军事文学委员会委员，艺术学硕士，火箭军大校。著有诗集《不朽之旅》、散文集《心灵的水声》《一路盛宴》、长篇纪实文学《在那遥远的亚丁湾》《一腔无声血》《江竹筠：一片丹心向阳开》、长篇小说《秋山几重》等。曾获第六届冰心散文奖、第十届解放军文艺新作品奖、第三届海洋文学奖、第六届长征文艺奖。

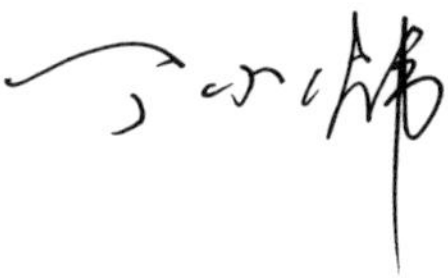

诗人未曾辜负他的歌吟

——读丁小炜《野象群》

◎ 霍俊明

从2015年7月“中国好诗”第一季推出至今，先后有刘立云、姜念光、丁戎耕和丁小炜这四位“军旅诗人”入选。实则他们的写作并不局限于“军旅”题材，而是在风格、技艺以及“主题学”、精神向度等方面体现了多元化的差异，他们分别建立了自己的诗歌地标。我和刘立云、姜念光相识多年，跟丁戎耕和丁小炜相识较晚一些。他们四位之间亦多交集，甚至心有戚戚焉。兹举丁小炜《诗人与地震》一诗，可为例证——“一位住在牛栏山乡村别墅的

资深诗人 / 下午在朋友圈惊呼：刚才地震了 / 好像一巨人从半空跳下来 / ‘咕咚’一下，顺义人民感觉到了 / （后面是三个‘撇嘴’） // 一会儿，市地震台网官宣： / 2020 年 3 月 29 日 16 时 09 分 / 北纬 40.16 度，东经 116.62 度 / 发生 1.7 级地震，震源深度 6 公里 // 诗人的通感依然灵敏 / 大于等于 1 级、小于 3 级的地震叫无感地震 / 莫非他身体里有座地动仪 // 他说，是我心中放着一杯疼痛的水 / 那么满，有点风吹草动 / 溢出的疼，顷刻就吻遍全身”。这首诗写到的“资深诗人”正是姜念光。

我最近在研读唐诗，所以对诗人的出生地以及一生的行旅足迹非常感兴趣。丁小炜是重庆云阳人。说到云阳，我们就会想到三国蜀将张飞“身在阆中，头在云阳”的遭遇，“昭烈章武元年（张飞）移发阆中，军会江州。值张达之便，以其首顺流。土人云：‘渔人得之，置而弗去，显于噩梦，遂祠焉。’”（《云阳县志》）云阳是位于渝东的千年古县，其东部与奉节接壤，长江由西向东中分整个县境。晚年一身愁病的杜甫流离于此达半年之久（765 年秋至 766 年春），并写下三十二首诗作。云安（今云阳县）在杜甫到来的时候属于夔州。一个诗人回到故乡，自然要蜕掉诸多身份而恢复到一个满怀乡愁离苦的游子。丁小炜在故乡云阳想到的正是当年的杜甫以及云阳的曲酒："一千二百五十年前 / 诗人杜甫来到这里 / 他病了，能减轻他病痛的 / 是云阳香飘十里的美酒琼浆 / 以及酒醒之后，他笔下流出的万千气象"（《江上风清的故乡》）。杜甫当时在诗中赞叹"闻道云安曲米春，才倾一盏即醺人"。这印证了诗酒一家，印证了伟大的诗歌精神共时体在任何时代都不会过时，这也提醒诗人不能为一时一地应景式地写作，他应该时刻提醒自己，"诗人"的要求是非常之高的，他面对的既是人心、时代，也是天地万物。正如丁小炜《野象群》这本诗集所分的三个小辑"有所行""有所思""有所铭"一样，立言、立德、立行并不是过时的传统。这种传统与任何时代里有抱负的诗人都有着密切关联，那些有抱负的诗人都不曾辜负他们的襟怀与歌吟。在现代性的时间背景下试图"还乡"的人所要经受的心理压力更大，因为新旧两种时间和空间的挤压、冲撞已经改变了曾经的记忆根系和地方属性——"八月回三峡故乡，望着一片水痴痴发呆 / 水面下有我家的老房子"（《冬日过草原》）。这是故乡的无迹可寻，是满眼苍茫中一个无家可返的异乡人忧悒的面孔以及无法疗治的隐疾。但对于生于斯长于斯而又离于斯怀于斯的人来说，故乡、父母永远都是一笔享用不尽的财富或精神庇佑，尽管现实中的故乡会面目全非而亲人终将老去和消逝——“故乡落雨，北方下雪 / 我从故乡匆匆归来 / 像个小心翼翼的刀笔小吏 / 伏身在寂寞的朝堂，害怕走进 / 太繁华的人间，春雪般倏忽即逝 / 不会有人知道 / 离开故乡那天是先母的生日 / 我带着她永远的护佑，远行在 / 漫天飞舞的雪国”（《春天里下雪》）。丁小炜的母亲生命定格在三十三岁，长眠在一个叫五爪坪的地方。据此，丁小炜有一个永远都不可能被拆毁的精神乌托邦，而对于更多的同时代的当代诗人而言，这一乌托邦也大多指向了“原乡”意识。

丁小炜的诗与其故乡云阳的曲酒相似，都有真醇之感。他的诗从不掩饰歌颂、晴朗、响亮的深情和冲动，也从不掩饰内心的情绪低回、苦思乃至忧郁，而是赤诚相见，经过砥砺生发出来的“赤子之诗”，比如：“行走在我每日必经的路上 / 快到赖以为生的目的地了 / 鞋带往往不失时机地松开 / 我弯下腰，向大地顺致深深的敬意”（《行走》）；再比如“远离颠倒梦想，真实不虚 / 在北京，如今我只关心空气、交通和失眠 / 矫情一点，还有塞北的雪和羊群”（《大雪十四行》）。与此同时，他在诗中又一直有一个深挚的歌者形象，整体上看其诗歌调性带有“抒情”的特质。实际上今天的很多人对“抒情”的理解过于狭隘化了，还往往把“抒情”等同于浪漫主义的“大嚷大叫”的滥情易感，甚至在叙事、戏剧化以及口语化、段子化的整体写作语境中，“抒情”成了过时或等而下之之物。实际上诗歌从来都不会拒绝“抒情”，正如经验和超验都会参与诗歌一样，只不过抒情的手段和方式早已今非昔比。就丁小炜的写作而言，他的“抒情”并不是外挂的、附着的，而是从其话语类型、情志方式以及创造力形态自然生发出来，他笔下的物象、心象、细节、场景以及整体的氛围都是与“抒情”的语言调性融合在一起的。需要强调的是具备显著“抒情”质地的诗并不意味着没有经验、智性以及形象力的复杂性，正如当年陈超所言：“诗的本质不是抒情，不是经验，而是诗本身。不管你属于哪种创造力形态，每个真正的诗人生命内部，都有个‘绝对的诗’的幽灵，或舍利。”由此，丁小炜的诗不仅是可以“阅读”的，而且也是适合“朗读”的。在北京的一次诗歌活动上，丁小炜直接背诵了自己一首长诗的片段，令我惊讶之余也暗暗钦佩，因为诗歌的语感、语调和节奏都已经渗入到了他的血脉和灵魂之中。但是必须强调的是，丁小炜不是一个“抒情主义者”，他有着较为多样的表现方式，比如他也写纯粹的物象诗或意象诗，诗人并不急于站在前台说话、表态、评骘，而是让事物自身呈现，这样的诗实则更具有不言自明的说服力。

丁小炜的诗中不乏壮歌、颂歌、牧歌和地方谣曲——比如诗集第三辑“有所铭”中的一些诗就基本可以归入“政治抒情诗”的序列，也时有悲歌、夜歌、长调、小夜曲以及自白的歌吟。这些起伏不一的旋律抵达了各自的宏阔或幽微，各自的声部都安置了不同的灵魂。《我的草原之夜》这首“小夜曲”尤其能打动我，关键之处在于梦幻与真实的精神对位法则如此自然而又让人牵系难忘，它们最终交织呈现出来的是比日常真实、物理真实更为真实、动人的“时间的真实”“情感的真实”以及“修辞的真实”：

一个梦把我惊醒
在梦里，我无意间碰开了多年的腕表
精密的零件散落一地
拾呀拾，找呀找，满头大汗
却总也找不全
那些闪着微光和质感的金属
它们潜入了细小的缝隙和角落
抬腕一看，凌晨两点零三分
我醒在零下二十九度的锡林郭勒
长夜寂静，室外的大草原
枕着起伏的山峦和冰冻的河流

勒勒车和马头琴抚过的梦境辽阔无边
我却永远丢失了
那些严丝合缝嗒嗒远走的日月星辰

从诗集中的三个小辑“有所行”“有所思”以及“有所铭”来看，我们应该注意到一个问题，即诗歌的具体生成方式和最终呈现出来的文本面貌是有明显区别的。相较于第二辑“有所思”的家族过往、命运感怀、时间之思、生存之问的深沉质地以及突出的智性空间，第一辑中的诗多为诗人在军营、回乡以及行旅途中的所见、所闻、所感、所思，诚如古代诗人一样，这些诗也构成了一幅幅行迹图。甚至丁小炜的人生行迹图中也有与我重叠的地方，比如石家庄——“我在这里生活了很多年 / 上学，工作，娶妻，生子 / 泪光中，我看到曾借住的旧房子 / 和酒醉后徘徊的那条长街 / 以及那些将挚爱一生的朋友”（《石家庄》）。但是这一类型的诗稍不留意的话就易于流于外在和表象，牵制于即时性的观感和浮光掠影的碎片，也使得诗沦为观光客式的景观手册和导游语，所以空间、景观需要诗人要有迥于常人的深度凝视和发现、探询甚至再造的能力。以《塔公寺》这首诗为例，整首诗的结构和过渡都非常自然，并且非常可贵地突破了地图和景观的表象或符号，通过一块“黑石”进入到尘世的命运、因果以及历史的幽深隧道之中。据此，过去、此刻以及悲辛都共时性地袒露出来，这是历史、时间以及生命三者构成的诗歌之“真”——“在塔公寺，碰见一位穿僧衣的女人 / 理着光头依然漂亮的女人 / 二十年前她是歌唱演员 / 一次惨烈的车祸，她幸存下来 / 从此皈依佛门 / 顺着她的指引 / 我虔诚地抚摸了那块黑石 / 千年之前，文成公主入藏途经于此 / 黑石上留过她的指纹”。“黑石”又出现在丁小炜的另一首诗中，这一次它携带了更多的命运感，即使一块不起眼的石头也有它自己的命运、性格以及地方性知识——“在这个叫甘孜的地方 / 偷偷捡起一小块红石带回北京 / 才几天，窗台上的红石竟成了黑石 / 哦红石滩 / 无论我怎样动情，也勾不走你的魂”（《红石滩》）。这印证了诗人所精通的往往就是由此及彼、由微观而抵达宏阔，正如丁小炜带回的这块石头所揭示出来的物性、人性以及时间法则之间的“深度对话”一样。是的，在世事流转中诗人未曾辜负了他的歌吟。

2022 年 5 月 12 日

目录

第一辑　有所行

第二辑 有所思

第三辑　有所铭

第一辑

有所行

001 — 066

江上风清的故乡

这是我江上风清的故乡
这是我满腹经纶的故乡
这是我北纬三十度的故乡
大河奔流小河淌水
大道至简德厚流光
一千七百多年前
蜀汉名将张翼德把头颅留在了这里
从此，这片山水更加侠肝义胆气宇轩昂
一千二百五十年前
诗人杜甫来到这里
他病了，能减轻他病痛的
是云阳香飘十里的美酒琼浆
以及酒醒之后，他笔下流出的万千气象
这个春天，我两手空空
以诗歌的名义回到这里
回到这记得住乡愁的地方
我在故乡的春天里抒情
却不善于用华丽的语言

写下她的苦难与辉煌

就像我不善于用煽情的文字

掩饰我的浮躁和世俗一样

我只能斟一碗杜甫留下的曲酒

痛饮她的幸福与贫困，欢乐和忧伤

静静地，在故乡的怀抱里大醉一场

故乡秋色

又一次在故乡的土地上醒来
它刚刚经过一场巴山夜雨的洗涤
银杏树开始泛黄，白云汹涌在蓝天
飞驰的高铁，缩短了
故乡通向繁华的距离
也缩短了我品味乡愁的距离

从前那个衣锦还乡的少年
眉宇间满是日理万机的模样
如今我仿若酒店门口站立的武士
手持长矛，沉默不语
超越了曾经拥有的英俊
在故乡，不必饮酒，是何等愉快

江上风清，江水微寒
秋泳的人们中流击水
他们的长啸响彻清晨的滨江公园
做个真正意义上的闲人，我静静地

观察一位老人在江边垂钓

他的浮漂一动未动，我也一动未动

蓦然回首，一块兀立的巨石让我泪崩

石头上刻着三个字：燕归来

冬日过草原

乌兰察布，红色的山口
长调抚弄的城市，冬夜寂静无边
凌晨时分我从它身边经过
扑进山口的风，托起清冷阳光
洒在我前往白音察干的路上
山峦过眼，起伏连绵
想起北京窗台上的尘土与凌乱
内心深处的柔软和放弃
五月窗外摇曳的石榴花，弥漫的蒲公英
以及那些洇开无数墨迹的暗夜时光

八月回三峡故乡，望着一片水痴痴发呆
水下面有我家的老房子。多少年
春天在屋后割草
夏天在门前小河里嬉闹
总有手提铁锤、腰挎竹篓的老人
对着水里的石头敲击
把震晕翻白的鱼儿捡进竹篓

还有那个用一支廉价毛笔蘸河水
伏在石头上疯狂临帖的少年
少年的背影，仿佛早已沉入水底
而此刻正紧贴我前胸，行走在草原之上

草原的天空阴晴不定
心里却一片澄明。这泓水被反复磨洗
睡梦里也落泪是金
即使面对横来的恶意，从不过多计较
如此，才能真正体味这奇妙的人间
才能欣赏一帧完整的切片
心念，就像此时空中的云雀
会在一瞬间，突然向更高处飞去
草原也变得更加辽远

春风吹暖了七里渠

夏天的风，吹干了
七里渠地上爬满的蒲公英
秋天的风，吹落了
七里渠银杏树上炫富的金币
冬天的风，吹涨了
七里渠快递小哥的蓝大衣
只有春风，吹暖了
整个七里渠

七里渠，在一个诗人眼里
不只是谋生地的坐标
在一个北漂人心里
不只是紧邻地铁八号线的终点站
在一只流浪狗的记忆里
不只是一个避难所或者拘役地

三年前，我两手空空
远离堵车、加班、酒局

以一个诗人的名义
叩响了七里渠的十二时辰
我爱这里的四季与晨昏。从那时起
蓦然发觉有一丝暖意从脸上掠过
是春风。春风里，我问候沿途的万物
向整齐停放的共享单车致敬
向部队营区传出的军号声致敬
向夜晚楼宇散发的灯火致敬
春风如此浩荡，我的敬意泛滥成灾
忘记了自己的卑微

草地上漫步的灰喜鹊
啄起一颗返青的草籽
向七里渠最先报告春风的讯息
南村的塔吊上
河南籍女司机长发在飘动
北村的挖掘机里
青海籍老师傅黝黑的脸开始红润
上学的孩子，健身的大妈，市场的菜贩
他们跳跃、奔走、吆喝
春风让一切加快频率
包括快乐与忧伤，心跳与方言，尘世与安康

在这伟大的国度
七里渠只是一个拥有两个村庄的地名
而春风给了它精准定位
春风吹暖了整个七里渠
七里渠暖了，回龙观就暖了
回龙观暖了，北京就暖了
当北京暖了，春风早已吹遍中国大地

冰雪梦想

野象群

当彩色的五环
走入京藏高速宽阔的路面
当冬奥高速专列
驶向塞外高山滑雪场
我仿佛回到二〇〇八年的夏天
那个五环装扮的北京

今天，伴着漫天的雪花
北京又一次缤纷起舞，冰凝的五环
向环绕地球的每一缕冬季风招手
向寒或暖的每一寸土地发出邀请函
向海拔足够高的雪场击响发令枪
向纬度足够高的赛道吹响集结号

这是朝着百年梦想奔跑的大地
这是苦难辉煌与鲜花盛开的土壤
这是一带一路强劲的起点
冰雪之上的奥林匹克

选择在这里又一次燃起圣火
燃起古老友善国度最真挚的热情

这颗星球上，还有战火与硝烟
饥饿与流浪，仇杀与阴谋
唯有奥林匹克精神
可以让恶之花不再开放
让燃烧的怒火暂时熄灭
让那些仇恨与歧视停止一秒

更高更快更强更团结
汗水在风中凝成盐的颗粒
欢呼加冲刺演绎速度与激情
黄色的手黑色的手白色的手棕色的手
紧紧相握，微笑致意
北京，古老与现代交融的梦幻之都
将献给世界一首雄壮的冰雪交响曲
让和平的阳光辉耀全人类

行走

野象群

走过清秀巷就到后海了
小丑鲜花店已经开张
寒冷的早晨，小丑早早化妆完毕
搞笑的红鼻子，夸张的红嘴巴
与他手里的鲜花争奇斗艳
我为忙碌的人默默祝福

走过银锭桥，进入南官房胡同
一只宠物狗惬意地把自己的气味
挨个播撒到路边的车轮上
它梦想借助远行的车轮
扩展自己的领地

进入羊角灯胡同，看到一辆警车
警察从院子里带出一个人
早起的人们在指指点点
仿佛《城南旧事》的情节

什刹海里，野鸭成双成对
长相漂亮的是公鸭
依傍而行的是母鸭
这些不怕冷的情侣
寒冷的昨夜留宿在哪里

行走在城市的角落
行走在我每日必经的路上
快到赖以为生的目的地了
鞋带往往不失时机地松开
我弯下腰，向大地顺致深深的敬意

南宁的夜

野象群

来去匆匆的暴雨
洗去白皮桉和红豆杉的尘土
洗去杨桃的青涩
洗去木瓜的僵硬
洗去夜晚到来前的燥热
洗去那些忐忑不安的心绪
民歌滋养的城市
邕江、良凤江潺潺流过
植物多样性如同人性的多样性
长势很好，良莠不齐
我也来去匆匆
甚至比一场傍晚的暴雨还匆忙
在一个叫吴圩的地方驻足片刻
收获立秋节气送来的凉
问询一个久别的朋友
他已离去，到了更南的南方
我在南宁的星空下
将一个过期的电话号码
轻轻地，遗失在微凉的夜色里

塔公寺

塔公草原，我再度到来
那年在这里牧羊的卓玛不见了
溪边那顶孤独的白帐篷里
是她吗，她久等的情郎来过吗
友善的喇嘛扎西
为我端上喷香的牦牛肉
高原的阳光，擦亮了他的手掌
轻轻拽下一团白云
融化进浓浓的酥油茶
在塔公寺，碰见一位穿僧衣的女人
理着光头却依然漂亮的女人
二十年前她是歌唱演员
一次惨烈的车祸，她幸存下来
从此皈依佛门
顺着她的指引
我虔诚地抚摸了那块黑石
千年之前，文成公主入藏途经于此
黑石上留过她的指纹

红石滩

野象群

比木格措的红绒花还要茂盛
比折多山口的经幡还要密集
比跑马山上的情歌还要高亢
红石滩，我陶醉于你的绝美
天神吗，打翻了调色板
把一抹艳丽的红
泼在这个叫甘孜的地方
偷偷捡起一小块红石带回北京
才几天，窗台上的红石竟成了黑石
哦，红石滩
无论我怎样动情，也勾不走你的魂

磨西

磨西，冰川时代触手可及
雪莲花，盛开在原始的海拔
从阔叶林到针叶林
寻着高山杜鹃傲寒的身影
巨大的冰川撩开神山的面纱
贡嘎雪山，黑色的尘烟
渐渐覆盖丰腴
在轰然响起的雪崩声里
我渴望拜谒神山雄伟的金身
藏族小孩，眨动黑白分明的眼眸
向我兜售野菊花
小镇的腊肉美酒
夹杂着旅游带来的现代气息
贡嘎雪山的夜，静得神秘
今夜醉卧磨西
清晨与友人在毛泽东曾歇息一夜的教堂分别
当年红军渡过泸定桥就转头北上了
磨西，依然安静地活在一部传奇里

燕下都

野象群

最后，我从一片泥泞的雪地里突围
那些青铜刀剑和箭镞
从干涸的河床里涌起，锈迹斑斑
却无比锋利划破时间的大幕
燕昭王招贤的黄金台，依然保持着
千年的巍峨气势
庄稼和牛羊每天都按时朝圣

那双美人的手美如葱白
被燕太子丹剁下，送与荆轲
这凄绝的礼物
为英雄落败埋下伏笔
壮士悲歌送别的水边
史书的文字惊涛拍岸
眼前的易水满目疮痍
森森白骨，从坍塌的高台上裸露出来

勇士们头骨上的伤痕
仿佛石器和瓦当
写下远古的叙事
踏遍这宏大的都城
我无从打捞
十万人头讲述的故事

紫荆关长城

野象群

修葺一新的城门
无法回望千百年发生于此的拉锯战
成吉思汗的铁蹄
明英宗的绝望
侵华日军的凶残
统统隐没在线条整齐的城墙深处
倒是那如岁月剥去鳞甲的断壁残垣
虽已坍圮，却依然在崇山峻岭间
袒露着王者的气势
在荒草萋萋的箭楼和垛口
我遥望关外
品味昔年征人的空旷情怀
巨龙啊，无论怎样遍体鳞伤
这坚爪
依然深扎于古老的山河

巴金的手

不敢使劲触摸
这是一只门把手
想象这只手的温暖
触碰的却是一丝清凉
如镇静剂，让整日狼奔豕突的思绪
悄悄走入一条安静的河流
去寻那远去的微光

把整个手掌贴进去
期盼打开岁月之门
中国现代文学馆，虔诚的人们
摸着巴金的手走进文学殿堂
走入大师慈祥掌纹里的隐喻之途
看，也有径直走入的人
他们的手，通常安稳地背在身后

北川行

野象群

这曾是一座酒歌飘扬的城
禹的故乡，羌人的家园
羌碉倾斜着，残留着苍凉的体温
在此地
请把声音放低，脚步放慢
怕一不小心
惊扰了那起起伏伏的呼唤
踩疼了那断断续续的梦呓

阿斯塔纳①，哀悼日

阿斯塔纳，草原上一座空旷的城
一千多年前，玄奘西行是否到过这里
阿斯塔纳，半降的国旗低垂
我不远千里而来，竟是赶赴你的忧伤
广袤草原上这么多淖尔
难道是你饱蓄的泪腺
神骏在西域的阳光里含泪奔驰
今天是中国的端午节
人们纪念一位伟大诗人
在水边，以狂欢为祭奠
赞美你的诗句，刻进冬不拉
唱暖了雄健马蹄踏出的家园
说唱的史诗，追赶匈奴和突厥
追赶汗血宝马的蹄音
不知怎么与你告别
挥手之间，升起的弯月如水一般洗过夜色

①阿斯塔纳：哈萨克斯坦首都，现更名为努尔苏丹。我到的那天，该国遭恐怖袭击，遇难百余人。

五爪坪

野象群

就这样走过辽阔祖国

回到故乡，回到那个叫五爪坪的地方

现在这里叫佛手村

佛，在史前

伸出一只手掌到磨刀溪掬水

转眼就物化了

溪水流过五只手指岭，淌了一亿年

长江水长高了一百七十五米

我山高水长的故乡却变矮了

现在这里听不到小河淌水

越来越浓重的，是从水里漫上来的雾气

乡人们循着坚定的脚步

走到了遥远的叫城市的地方

我也急性，来去匆匆

连那童年的梦都未及仔细重温

埋在土里的先人静静地安睡着

老屋的石门紧闭，像留守的老人

紧闭着他们豁牙的嘴

旧日田园野花盛开，野鸡成群

一只红狐狸

从我儿时踩过的脚印上走过

响钟山

野象群

日夜流淌的湘江
在为你默默诉说
把你的故事带到远方
高耸入云的南岳
以伟岸之躯护佑着你
袅袅梵声萦绕你的梦乡
响钟山，远行的脚步向你奔回
叩响你的门环
聆听你的乡音，在静夜里
寻寻觅觅，哪里是那熟悉的钟声

长满青苔的石阶上
驻留游子的身影
密林深处，儿时的小背篓
背出满山欢笑与忧愁
转遍你的每一道山涧每一条小路
问遍每一个路人每一只飞鸟

都不见敲钟的僧侣
响钟山，古寺里存留你亘古的坚守

山歌不断，诉说绵长
母亲深深的皱纹里
写满岁月的伤痛和歉意
走得最远的人
是那个想你最深的人
响钟山，曾在母亲石上入睡的孩子呀
那个久远的梦
越来越清晰越来越丰满

握不住一把乡愁，秋夜
那只孤独蟋蟀的狂歌
在你山高水长的记忆里
大地上车水马龙
江流中帆影穿梭
那些都不属于你
响钟山，属于你的
是每一缕轻柔的炊烟
是耳畔的鸡鸣和犬吠

是红辣椒咂摸出的滋味呀

是母亲低声的轻唤

只有寂静，只有沉思

那是远行人心头的伤痕

地铁里的国庆节

地铁八号线，坐 14 站到朱辛庄
再坐 4 站到昌平南邵
在北京生活这么久
第一次让开往深秋的一列火车
从地下把我送到那里
我要去见草原来的兄弟
他刚刚游完花团锦簇的天安门
那时我们是军校里一枚枚青涩的果子
如今都变得有些矜持，都说不能喝酒
祖国的生日之夜
地铁里满是脸贴五星红旗的人
袒露着对家国的热爱
身旁两个女孩，眉飞色舞地讨论着
回家包饺子，为祖国庆生
还有满车玩着手机的人们
我仿佛看到了他们内心的喜悦

可克达拉

野象群

一首《草原之夜》
让可克达拉改变了模样
兵团战士唱着这首歌
在这里垦荒，播种，巡逻
不拿军饷的战士
在远离家乡的边陲
在农垦师， 团场，连队
穷其一生做优秀的农人
巩乃斯河是伊犁河的一支
奔腾的雪水闪耀着繁星
农四师的团场和连队散布两岸
兵团人在这里造了一座城
名叫可克达拉
传说是一位女神之名

天山行

从可克达拉到塔城
沿边境线行进
汽车在果子沟蜿蜒
成片的雪松站在天山北坡
雪水融化，发丝般流淌汇集
牧民的毡房边
泊着自家漂亮的小汽车
健硕的伊犁马在如缎的草甸上奔腾
车过镜子般的赛里木湖
众人惊艳，眼睛很忙
按键的手指更忙
一个女孩说，多想来此嫁个英俊牧人
为他生一堆孩子

七十二团遗孀光荣院

野象群

一群满脸沟壑纵横的老奶奶
坐在院子里聊天
各种方言充满泥土气息
她们也许是上天山的八千湘女
也许是两万山东女兵
十七八岁，谁没英姿飒爽过
组织撮合给兵团官兵当媳妇
注定了一生的命运
能讲一堆稀奇古怪乱点鸳鸯谱的故事
夫唱妇随，几十年过得幸福充实
一代二代三代
她们成了兵团的老祖母
因为与男人们年龄悬殊
如今，她们只能独自打发这些寂静的时光

棉田里的诗人

那年秋天，我们穿过巩乃斯河、伊犁河
来到一片辽阔的棉田
生产建设兵团农四师的某个连队
巨大的采棉机穿梭于白色棉浪
远处是巍峨的雪山
以及同样雪白的天际线
棉田里站着一群诗人
此时，所有诗行都是白色的
哦，这种花的学名叫长绒棉
浸满中国元素的土地、阳光和水分
让它们的柔软度和光泽度无与伦比
经过一只只黄皮肤大手的侍弄
它们的亲肤度和透气性世界一流
留着络腮胡的诗人郁笛
如同在塔里木遇见的一个故人
他说大地上只剩下棉花和水稻
总是皱着眉头的诗人曲近
他说棉花是永远被叫作花的花

也是母亲最关心最宠爱的花
诗人冯秋子，善画，她采了三株棉
飞机上，她一直抱着这些吮足阳光的孩子
后来三株棉花变成了一本杂志上的画
我一眼就认出了它们

我的草原之夜

一个梦把我惊醒
在梦里，我无意间碰开了多年的腕表
精密的零件散落一地
拾呀拾，找呀找，满头大汗
却总也找不全
那些闪着微光和质感的金属
它们潜入了细小的缝隙和角落
抬腕一看，凌晨两点零三分
我醒在零下二十九度的锡林郭勒
长夜寂静，室外的大草原
枕着起伏的山峦和冰冻的河流
勒勒车和马头琴抚过的梦境辽阔无边
我却永远丢失了
那些严丝合缝嗒嗒远走的日月星辰

额尔古纳

野象群

这水，留恋草原
走到东又绕回西
在天底下洇出这片亚洲最大的湿地
九曲回肠流不走的
还有多少忧伤与思念

额尔古纳，一百年来
你成为一条心事复杂的界河
在这水草丰美的流域
分割出多少别样的风景
夕阳里晚归的牛羊多么悠闲
界碑，默然而立
在边陲军人的眼里
挺立起无限神圣和尊严

额尔古纳，蒙古先民的摇篮
成吉思汗的故乡，你蜿蜒在
每一个涉你而来的朝圣者心里

乞颜部孛儿只斤氏族，征战的弯刀闪亮
昔日的铁骑漫过草原
三河马，三河牛
优良的品种代代茁壮，牛羊和马匹
是大地上流动的蒙古血脉

呼伦贝尔，从额尔古纳出浴
袒露起起伏伏的胴体，打开身子
就是这一片金色的草原
额尔古纳河，根河，海拉尔河
不见旧时的货船帆影穿梭
观光的旅游船，在对岸友邻的眼里
摇曳出夏日的缤纷
边防军人的巡逻艇
在界河划出优美的曲线
中俄军人互致敬礼，和平绵延

狩猎的鄂温克和鄂伦春
在这水边生息繁衍
放下猎枪的民族
站在高高的兴安岭，眼望苍天白云
回味枪管传递的体温

樟子松，兴安岭的标志乔木
仿佛一队队沉默的战士，站在平缓的北坡
只需薄薄一层贫瘠的泥土
而个个都成了参天大树
每一个来到这里的人
都应向他们致敬

白桦林，多么浪漫和诗意啊
如丝的阳光漏下来
在清香扑鼻的桦树皮上写下干净的文字
风吹过这片茂密的原始森林
莫尔道嘎，野花开得恣意妖娆

额尔古纳，你的星空也如此美丽
看流星划过天际，听风穿过林梢
敖包山，牧人在祭祀山神和路神
听风，讲述神奇故事
长生天保佑，草原风调雨顺人丁兴旺
太阳升起，远行的人奔驰在巴尔虎草原上
在与天接近的地方徜徉
蓦然回首，额尔古纳
一曲流水在谁的心头，百转千回

布达拉宫

五月的阳光
亮在高原亮着我的激动
近在咫尺的朵朵白云
投下片片阴凉覆盖我淡淡的忧伤
清澈的雅鲁藏布江
抚弄着日光城缓缓流走
静默的雪山闪耀成木刻的连环画
线条硬朗

风啊每一次掀动经幡
都是神的宣读布达拉
神秘的藏地因你的巍峨更加神秘
酥油茶香飘天际一杯一杯
扎西德勒扎西德勒

英俊的罗布普通话纯正
他为我讲解神秘的布达拉宫
他和每一个人礼貌地打招呼
他搀扶每一位步履艰难的老人

他向每一个诵经的喇嘛致礼
他从松赞干布讲到五世达赖
对藏族的历史条分缕析
中华的版图上
今天的西藏散发着现代的气息

那夯地的妇女
齐声唱着劳动的歌谣
背后游人如织
她们始终躬腰劳动
歌不停手不停
为这座辉煌的宫殿缝补细密的缝隙

布达拉，在梵音的诵读里
我虔诚拜访你的每一棵白玛草
每一盏酥油灯，每一卷经书
每一座灵塔，每一幅壁画
黄金和宝石不是你
佛像和唐卡不是你
代表你的只有纯粹的红与白
只有天空飘浮的白云翱翔的雄鹰
只有高处那神灵的守望

下连当兵

从两杠三星的上校军衔
一路回溯，经过二十七年时光的淘洗
抵达列兵，这留白最多的原点
别叫我首长，我只是一个体型略胖的列兵
这是深不可测的连队
我必须小心翼翼，一二一

前后左右，年轻的脸庞光芒四射
微翘的嘴唇，毛茸茸的胡须
热乎乎的汗味，作战靴上晃动的尘土
随着跑调的饭前一支歌突然吼起
我的眼睛瞬间模糊，队列里
多年前的一个新兵复活了
我怕这滴热泪就此滚落

戊戌六月，下连当兵
我不会打王者荣耀，不会打绝地求生
不能在高原上十五分钟跑完三公里

但这些，都不影响我们成为朋友
你乐意把缺氧的心事说给我听
我愿意以一个新兵的名义，为你打捞
这些好时光里蹿入的点点空虚

训练进行时

课目，野战宿营及供电
六分钟搭好一顶班用帐篷，分秒必争
训练场曾是部队煤场
六个战士从帐篷里钻出来，黑鼻孔黑牙齿
喘着粗气嘿嘿直乐，仿佛刚打赢一场恶仗

一顶遮风挡雨的帐篷，可供
怀抱枪支的士兵在战斗间隙美美睡一觉
可以梦见奔驰的列车，满载离歌
可以取出梦中的火焰照亮前程
可以毫不犹豫地把背影扔给下一个黎明

战场救护，不见血的流血训练
急救包，止血带，三角巾
将“受伤”的躯干结结实实包扎
托着战友匍匐前进
枪林弹雨中，紧握住他“断裂”的骨头
给班长做人工呼吸，哑然失笑

有一天，若假想敌真的光临
面对汩汩奔涌的热血
要像止血带，迅速绑住喊叫和泪水

云上高原，哪片云彩下是古战场
一千零一次预演，讨论集结与杀伐
操课结束，空空的训练场
叠印着远古与现实的跫音

假日

两三声鸟鸣，大门外偶尔路过一辆汽车
驻在乡村的军营，假日如此安静
风也停止吹拂，白杨树抖落一身尘埃
默默顶替平日里列队的士兵
连一日生活严格的大黑狗也独自外出了
已是六月，正当芒种
原野上片片青稞葱绿
左山立着一座烽燧，右山静卧半截佛塔
古代的兵卒与僧侣留下风干的印迹
对面的拉脊山，山顶仍铺满积雪
仿佛覆盖着一些无法言喻的往事
士官楼阳台上晾出鲜艳衣物
一班长妻子来队，带来别样生气
傍晚，游走四方的官兵陆续归队
中国西部，多巴镇转嘴村
宁静的军营又沸腾起来

黄花沟草原记忆

野象群

黄花沟，辉腾锡勒草原中的草原
白桦林在沟底，在阳光抵达的最深处
低伏的偃松像卑微的草
缤纷的野花在高处灿烂

那匹温顺的大马
独自啃食沼泽里的青草
野花汹涌，没过我的长靴
我一路奔跑
仍然抓不住那被水草吻透的缰绳

一定是神在驱使
我最终跃上没有鞍鞯的马背
脸埋进飞扬的鬃毛，成了一朵飘浮的云
浑身充满喝醉的疼

它依然静静地啃着青草
优雅地移步，在晚风中摆动长尾

那汪大眼里倒下一个黑色的身影

喘息着压碎一地野花

蓝色的天空，已将我包裹融化

九寨沟

野象群

一

让我变成一棵芨芨草好吗
我可以自由地枯枯荣荣
卑微地享受高原的风和阳光
我野性地挺立在原始之上
为晚风弹奏爱的乐章

让我变成一尾冷水鱼好吗
隔着水的世界也能与天空融为一体
渺小的生命，最能洞察逝水的年轮
多变的四季里，坚守着对大地的痴情

让我变成一株红桦树好吗
身体里铭刻生命的密码
世间的温情，会拜倒在我的赭红之下
不需礼赞，亦无惧命运的惩罚

最好，让我变成一声尖叫吧

这是最直接最纯真的表达
如果把我翻译成文字，那就是：
九寨沟，我来啦

二

都说地上流着的水，唯有你最明亮
可有谁知道你的故事也写着忧伤
都说世上居住的人，在这里最健康
可有谁知道你的过去也带着惆怅
多少古老的传说，在透明的海子里荡漾
多少岁月的沧桑，征战的王朝找到了落脚的地方

神山圣水飘扬的歌，那是多么坦荡
和骏马一起奔腾的歌声充满阳光
人间仙境酿出的酒，那是多么芳香
同哈达一起献上的美酒盛满吉祥
多少深情的赞美，在原始的寨子里徜徉
多少世纪的轮回，高原的明珠绽放出迷人的光芒

九寨是一首不倦的歌，在天地间传唱
九寨是一缕不变的情，地久天长

发射场飞来一只蜻蜓

野象群

是哪一个夜晚
你掠过海平面，带着湿漉漉的
海的味道，潜入这座城堡
飞呀飞，多少次碰壁，多少次回旋
你决定迫降。扇动的羽翅静止在
油漆未干的跑道
这是火箭出征前的体检大厅
无声的湖面，因你的到来惊起微澜
整个大厅是一块晶莹的琥珀
从此定格你的生命浮雕
我姗姗来迟
蓦然回首，目光陷进你的今生
陷进年轻航天港历经的暴风雷霆
美丽的红蜻蜓
这是中国文昌，火箭的每一次轰鸣与升腾
都会唤醒你沉睡的梦境

车过石家庄

一座无语之城
像一块胎记留在生命里
以村庄命名的城市，充满人间烟火气
都说它土。面对世俗的嘲讽
它如此淡定，对世间温柔以待
下午三点二十分，列车驰过故地
目光越过那灰色的高楼
触碰到一大把滚烫的往日时光
触碰到一个叫青春的词
涌出的泪水，溅起
曾经的困顿与迷茫，莽撞与忧伤
我在这里生活了很多年
上学，工作，娶妻，生子
泪光中，我看到曾借住的旧房子
和酒醉后徘徊的那条长街
以及那些将挚爱一生的朋友
唉，那时以为会在此过一辈子

成都记

野象群

琴台终归还是沽酒的
古色古香的酒肆林立，在成都
我疑心浣花溪的每一瓢水
都被司马相如的琴声抚过
都被卓文君的轻纱滤过
因此我信了董诗人说的那句话
在成都，若寻不见爱情
是对这座城市的侮辱

我以诗歌的名义到来
和众多诗人在草堂集结
隐士与名流，都来圣地膜拜
随便路过的一个身影
都在宣告，我的诗囊有多么贫瘠与羞涩
甚至空空如也
我遁入竹林，隐入坝坝茶的众生
打算从每一茎修竹和
每一张活色生香的脸庞上

去搜刮诗歌与意象
诗歌节如火如荼
成都，给自诩的诗人上了一课
若只会煽情，请莫来此地
否则一样是对这座城市的侮辱

火锅沸腾，川音嘹亮
巴适的不眠夜
举座诗人林立，名利隐退
诗人们保持着高贵和尊严
纵谈诗与当下，非议悲观主义的爱情
文殊院的安静，讲诗台的宽窄
所有的巷子都仿佛经过了一次
诗歌的分行
接受一张张散发着酒香的嘴唇礼赞

这是以诗歌命名的成都
酒与茶，夜晚与聚散
袒露出一座城市的文艺气质
千百年诗歌的国度
盛产这么多来去匆匆的
习诗的手艺人

从武侯祠到青羊宫
从玉林路到金沙园
路边的每个小馆都成了网红打卡地
吟诗一首可换酒
赠本诗来共品茶
安逸的脚步里
成都为外乡人普及生活哲学
只有时间不事张扬
告诉你，宜居的日子隐藏着不堪
哪里都有爱恨忧愁
空洞的诗歌在哪里都不能当饭吃

夜色中不胜酒力
成都终究只是诗行中的远方
铭记工匠精神，诗人抱拳作别
明天再把大把的汉字摸出来
精心排列组合
向这个秋天的成都致敬
向草堂致敬

阿尔泰和克鲁伦

阿尔泰是一匹雄马的名字，是金色的山脉
克鲁伦是一匹雌马的名字，是晶莹的河流
以山脉河流给你命名
赋予万里疆界的巍峨与苍茫
蒙古马，这是祖先纵横驰骋踏出的荣光

父亲阿尔泰，强健筋骨保持纯正的种群
护佑三万只羊编织的友情，一路南来
母亲克鲁伦，温柔目光望穿秋水
驻足额尔古纳，河畔毡房炊烟升起

阿尔泰，先民采金的圣地
那些森林、冰川和迷人的秋色
那些贪婪和阴谋，山羊、骆驼与马队
起起落落的草原民族
被岁月雕成了石化的风景

克鲁伦，蒙古民族的母亲河
那些旧梦、征战以及盛大的婚礼
那些酒和奶茶温暖过的故事
把马群奔腾的流域装扮得风情万种

作为地标的阿尔泰和克鲁伦山川相连
守望在伟大国度的边陲
作为骏马的阿尔泰和克鲁伦相伴一生
蹄下土地是自由的草场、精神的故乡

麦收时节

起伏的麦田，以及满地麦茬
刚刚种下的玉米依偎着泥土，等待苏醒
等待一场透雨浇湿胴体，浇开梦想
牲口的气息，牛粪的气息
与眼前景色极为相衬
我的鼻孔如此清醒
眼里布满深情的雾
大地，那些打坐的树枝
守望着金黄麦田
我轻唤一个叫海子的诗人
想他的灵魂在这个季节到来
让布谷鸟的鸣叫将他带回大地
低垂的麦穗，蓄满诗歌
我在麦收时节
循着海子写满麦子的诗行深入乡村
深入一株麦子的根部
那里　有一个真切的中国梦

乡下

野象群

在这座以村庄命名的城市里
我身上的军装
与从前那个乡下孩子的装束
同样朴素

在乡下
清晨唤我早起的
是鸡鸣犬吠和牛哞
这些泥土里生长的
将贯穿我一生的声音
像军号一样准时
响亮又温馨

还有童谣和山歌
还有池塘和庄稼
还有幸福还有贫困
还有欢乐还有忧郁
还有父亲那把陈旧的胡琴

和夜色中他苍老的手
还有那个在雨季里
提着鞋去上学的我

原谅我
我的遥远的乡下
我已许久不回
而且很少写信　光打电话

莺花渡

野象群

打开烟波浩渺的画轴，
这是莺花飞舞的渡口。
多少往来的过客，
沉醉春去春回的温柔。
半江花开的芬芳，
盈满缠缠绵绵的衣袖。

踏着和风荡漾的轻舟，
来到换了容颜的码头。
灯火璀璨的夜色，
点亮绿水青山的风流。
沸腾熟悉的滋味，
满座麻麻辣辣的乡愁。

风里雨里莺花渡等你，
一勺一盏最痴情的挽留。
千里万里莺花渡等你，
一生一世最温暖的守候。

野象群

二〇二〇年三月，十六头云南亚洲象
从它们西双版纳的家集体出走，开始北漂
陆地上体型庞大也极其聪明的物种
我坚信它们的行动一定有思想有目的
我坚信他们走上了自己的朝圣路
譬如去三星堆，那里埋藏了那么多象牙
譬如去中原河南，那里曾是大象的老家

四月十六日，象群进入玉溪市元江县
五月十六日，抵达石屏县宝秀镇
五月二十四日，行至峨山县
六月二日，进入省会昆明地界
六月六日，一头公象毫无征兆独自离群
六月九日，象群到达易门县，独象逗留昆明
六月十七日，来到峨山县大龙潭乡，独象仍在昆明
七月五日，象群到达新平县，在那等待出走的家人
七月七日，人们将独象遣送回西双版纳
七月十日，象群走到石屏县

七月二十七日，象群再次走到元江县
八月八日，它们悠闲地跨过元江桥

古老的元江，是亚洲象栖息地的分界线
渡过元江，便是回到家乡
这一趟，象群走了大半个云南
它们一路行走，人们一路护卫
为它们设计旅游线路
为它们逢山开道遇水架桥
为它们赠送各种时令美食
大象惹了祸，政府来埋单
人们甚至还为此购买了保险

野象群被戏称为逛吃团
逛吃，逛吃，玩了一千多公里
逛吃，逛吃，玩了一百多天
结果逛成了超级网红
譬如在池塘里撒欢
譬如集体游走县城的长街
譬如用长鼻子拧开水龙头，排队畅饮
譬如毫不客气地大嚼老乡家的酒糟
吃醉了，倒地便睡

家族休息，还有专职大象站岗守卫
聪明的物种，简直把人类萌化了

最终，人们仍未明晰象群出走的想法
是快乐的旅行还是忧伤的使命
只有时间可以破译它们心中的密码
不过它们北移南归的故事
却向世界展示了温情美丽的中国
它们的无拘无束无忧无虑
成就了中国人保护亚洲象教科书式的范本
象群的长啸，神秘而悠远
若海豚之音，还在山谷里回响

第二辑

有所思

067 — 120

夜好黑，心好静

今夜，我躺在你曾经躺过的地方
一张折叠床，叠放着我空空的身体
黑暗中，仿佛听到你发出一声叹息
最后一次见你，见到的是你发黑的骨灰
那是长期化疗在你身上留下的痕迹
是疼痛一遍遍抚摸过的痕迹
就是这间办公室
你浅浅的微笑，还荡漾在尘埃中
此时，一切都沉睡了
连续运转二十多个小时的电脑也休息了
你留下的那支精美毛笔
静静站在桌上的笔筒里
我想起身下床，饱蘸浓墨
用狂草给你修书一封
问这些年，那个世界的你
还会不会在办公室遥望天际的星星
然而疲惫的我，却迷迷糊糊地入睡了
依稀听到一只蚊子嗡嗡凑到耳边
是你在嘱我早点休息吗，大哥

孤独，兼怀马尔克斯

野象群

马尔克斯走了
他所在的这个星球正发生一次七级地震
他在时，人们听他讲述百年孤独
他走后，人类将陷入更长久的孤独
自恋的光环下
孤独是一种稀有元素
距我们五百光年的地方
科学家发现一颗最像地球的星体
那里，也许生活着一样的人类
尘埃遍布，如何找寻并抵达它
抚摸他们的孤独之影
一尾鱼，游入庄子的预言
一只甲壳虫，慢慢爬行在马尔克斯远去的路上

母亲节

你永远三十三岁
我已年过不惑
那时中国没有母亲节
如今每年这个日子
成了没有母亲的母亲节
多少年，我山一程水一程奔回故乡
回到你沉睡的一个叫五爪坪的地方
冷风灌满贫瘠的山村
阴雨拂过垮塌的老屋
这些年，在没有你的尘世
我一一捡拾怜悯和同情
过着空落落的生活
好多回，填写履历书时
在“母亲”那一栏
我矜持地写下三个字——邹春晖

大舅

野象群

许久没有接到你的电话。你说要从锦州回重庆
去看躺在床上的外婆。你说起两个不争气的儿子
赌博、喝酒……赌丢了房子，喝走了老婆
我的大舅，你原本不唠叨
还记得那一年，成都回老家的火车
我给当石油工人的你写信
你寄来的五十块钱，至今让我觉得人世温暖
尖利的呼啸来自绿皮火车，多年还扎在我的耳膜
光阴一次次折柳，而外婆已经失语
我捧着她的脸呼唤，爱我的亲人
我却如此忘恩负义，在你面前
泪水和痛楚，无力的枯枝一般
结满绿色苔藓

鸟鸣之晨

鸟鸣之晨，所有问候
都转换成陌生的语言
神的谕旨
以音乐的形式传达
拖拉机的轰鸣冲破晨雾
把秋收，这神圣的仪式
向天空禀报
听，布谷鸟正急切地喊
收割收割，将大地收割

一汪清水，在惊愕之间波澜不惊
如青春飘逝不留痕迹
我怀疑空气中也有波涛汹涌
在百鸟的鸣叫里
我听到爱的呼唤
邻居老人的一抱嫩草
让清香弥漫了秋日之晨

大雪十四行

野象群

昨夜，我第一百八十五次抄写
般若波罗蜜多心经。心静到零下三度
前世，我是高原上的牧马人
每天打马经过刻满经文的河流
雾霾横行的日子，还好
有朋友从成都寄来诗歌
在诗人的分行里
可以领略明亮的阳光
今日大雪然无雪，晚上还有聚会
东五环酒吧街，专注饮茶
听导演和文艺小咖聊影视生产
远离颠倒梦想，真实不虚
在北京，如今我只关心空气、交通和失眠
矫情一点，还有塞北的雪和羊群

九月

我们结伴去后山看菊
书包拍打屁股，书页里也夹满
鲜嫩的雏菊
遍地菊花香醉了山野
附庸风雅的村子
效仿陶渊明，让竹篱也灿烂起来
一只马蜂吻了我一口
锥心的疼。童年平添滋味
菊花依然香着
高年级那些幸灾乐祸的学生
还在记忆里与蜂巢对峙
我不会像他们那样
顾头不顾腚，钻在花丛里
风中的少年，握满清亮的阳光
那时学会的诗歌
还留在今天的嘴唇
只是一念出来
就被九月埋藏了

失眠

野象群

躺在夜色里，我们说各自的命运
辗转反侧的雪花，在空中，叨扰失眠的大地
过去的，似乎河流之水
两岸风景嘈杂而有序，所有的命定的河道
激流和险滩，游弋的野鸭
温暖时忘记迁徙，直到雪花在水面上安家
……如此的时光不知不觉地，来到了凌晨四点
身边睡得香的人，喊他一声哥，嘴角笑意上有黎明之色

桃花

理想主义者热衷于，在雪花飞舞的时节
谈论桃夭及其登场的步履，瞬间的炫目
令人恍惚。哦，这是一个哲学命题
以梦为马的幻想者，怀抱执念，忽略肉身
以桃花为献祭，妖娆于孑然的来路
暗夜里，安守一盏灯火，
在一朵花的世界，事实上的边疆，自由出入

八月十五日

野象群

一个英国农民在里约奥运会获得射击铜牌
他无心参加盛大的闭幕式
要急着回到家乡，去收地里的玉米
一个中国演员要离婚
数不清的人在关心他的家事
中国酒泉，世界上首颗量子卫星升空
发射场官兵工作到凌晨三点
他们发给我吃烤串庆贺的照片
故乡的一位朋友，在父亲的忌日
独自哀伤，长夜里翻检早失的父爱
心怀善良的人们，在侵略者投降的日子
为生活窘迫的老兵奔走
我，正为女儿上实验班犯愁
烈日下的京城，茫然的眼神
一粒飘浮的尘埃。家国与人类
都没有闲事。彼岸的蝴蝶
正扑腾着羽翅
迎接即将轰然而至的暴风骤雨

被辜负的一夜

秋声浓重了，细听
红山口的夜
没有鸟鸣，只有虫声
蟋蟀以及不知名的虫子彻夜不倦
为我低压 110 高压 160 的奔流之血
送来清凉之音，汇入整夜飘荡的情绪
秋雨扫清潮湿路面
一群蚯蚓蠕动肥硕之身，钻出泥土
车轮无情碾压，满目血肉模糊
半截躯体仍执着蚓书前行，湿腥气息弥漫
近处的兵书亦已沉睡
手捏竹管著书的兵圣也歇息了
金戈铁马，家国情怀入梦的满江红
如一张薄纸飞远
醒了，亦是睡去
睡去仍然醒着
这一夜，我辜负了沉睡
以及沉睡中的美好梦境

小院

野象群

栀子花的香气溢满每个角落
花儿在墙边静静开着
清晨的鸟鸣灌满贪睡的耳朵
夜晚有蟋蟀蝙蝠和不知名的虫子
在眼前唱歌跳舞。没有高雅娱乐
但可以躺在摇椅上数星星
可以放心地思考哲学与生活
菜园的蔬菜，同样清贫乐
它们无权享用化肥农药这些奢侈品
侍弄它们的手也很苍老很笨拙
孩子坐在秋千上读闲书
原先院子里有一条黑色的小狗
死了一年多
再也听不到孩子唤它的声音，卡门卡门
端午节下午三点
就是这个小院
与平常一样，出奇地安静

龙化石

我儿时上学的路上
突然发现了世界级恐龙化石群
这些侏罗纪的先知，将以故乡的名字命名
中国，云阳，普安龙
就要走入地理教科书

我想起故乡那些地名
龙角，龙缸，龙洞，龙脊岭
冥冥中，古老的土地
仿佛早就报告，这是龙的领地

恐龙是一个石匠发现的
那些奇形怪状的化石，吸引了他的眼
在锤头和錾子碰撞下羽化成仙
龙骨，集结在汹涌的地下熔岩
它们沉睡了上亿年，只为
选择在今天这个时代与世人见面

人们奔走相告，消息连篇累牍
这是故乡的荣幸，抑或是我的荣幸
就在那条路上
儿时脑海生长的无边梦想
终于找到了注脚

致遥远北国的抒情诗

北京还没下雪
顺丰快递来自遥远的大兴安岭
撞开大雪覆盖的久远记忆
木耳　榛蘑
抓一把握在手心
是二十八年散落的时光

那是我们的新兵连
长途拉练，按方位角行进
桦树林，野木耳野蘑菇恣意生长
我们身上的新军装
也仿佛散发着山野的气息

那是我们卧在雪地里打靶的日子
我的左手，你的右手
伸入同一只厚厚的皮手套
你扣动枪机的食指
扣醒了我僵住的骨头

那是辽阔的嫩江哗哗奔流的时候
野外驻训，一起取水做饭
江水寒彻刺骨
直到今天，我腿上仍寒气未消
叫一声你的名字
踝关节就隐隐作痛

那是阳光中弥漫伤感情绪的季节
沉默是我们共同的表达
我已找不到
离别时给你写下的那些诗行
手机屏幕上，你眼角的鱼尾纹
细而密，像冲锋枪弹匣里压进的子弹
一粒一粒，把我的眼泪射出来

新年忆旧

十年前，我在也门
那个地方的战火至今未停
九年前，穿越大半个中国
第一次驾车回故乡五爪坪
再现一个儿时梦境
八年前，虚掷不少光阴
现在打捞那些日子，依然乏善可陈
七年前，在一个雨夜通宵写作
享受一种劳作后的快感
六年前，挈妇将雏回了一次老部队
抱着从前的一棵树泪流满面
五年前，在阳泉西烟镇采访一位叫张先兔的老人
这位受日军凌辱的“慰安妇”现在已离开人世
四年前，总在历史与现实中漫游
发现了好多充满传奇的故事，至今未完待续
三年前，在阿斯塔纳
试图寻找玄奘的足迹，未果
两年前，在莫斯科领略了一场雪

一年前，念文学硕士，偶尔旷课

据说很忙，却似乎无所事事

如今常用无所事事，告诫自己

午后的咖啡馆

寂静空旷，时间被这个假日抻长了
两只茶杯轻声细语，一起静静等待
等待十二年时光汇成的一张答卷
“群”咖啡馆，近旁的一五九中学
考场里只有奋笔疾书的唰唰之声
五月初五，校园外满是心神不宁的人
举杯饮茶，汤色里溅起龙舟竞渡的声浪
南中国，诗人节充满激情
诗句忧伤，端午吉祥，尘世安康

梦到一支笔

野象群

不敢对一支毛笔轻慢
竹管或楠木，羊毫或鼠须
捏住它，便拥有最轻松的时光
心摹手追那些高古的文字
碑帖，墓志，醉墨
梦想比肩古圣先贤
梦中，捻动一支长毫
据说，这正是
王羲之在兰亭挥舞的那支
唐玄宗霓裳拟音的那支
欧阳修狂掷醉翁亭的那支
苏东坡寄情流放的那支
敦煌藏经洞沉睡的那支
宁波天一阁高悬的那支
梦想这支笔下，再次复活经典
梦想总有几分痴情和傻气

雪花

那年的雪花纷纷扬扬
你还未到来
但那天的雪花一定在为你飘落
为这个世界上所有的生命
雪落无声，花开无声
行走无声，叹息无声
那些生活的无奈
无声地潜伏在内心
两行滚落的热泪
化作两句激动的诗行
刚一吟出就被雪花埋藏

诗人与地震

野象群

一位住在牛栏山乡村别墅的资深诗人
下午在朋友圈惊呼：刚才地震了
好像一巨人从半空跳下来
“咕咚”一下，顺义人民感觉到了
（后面是三个“撇嘴”）

一会儿，市地震台网官宣：
2020 年 3 月 29 日 16 时 09 分
北纬 40.16 度，东经 116.62 度
发生 1.7 级地震，震源深度 6 公里

诗人的通感依然灵敏
大于 1 级、小于 3 级的地震叫无感地震
莫非他身体里有座地动仪

他说，是我心中放着一杯疼痛的水
那么满，一有风吹草动
溢出的疼，顷刻就吻遍全身

口罩

他在红绿灯这边
在缓慢的车流里躲闪
左手拄着一根木棍
右手端着一个搪瓷碗
谦卑地对着一扇扇车窗鞠躬

打开的车窗里
看不到驾车人的脸，只看到
一只只口罩。为人类度劫的
口罩，成了这个春天的标签

我打开车窗
往他搪瓷碗里放入一点零钱
红灯变绿了，才蓦然发现
他戴的那只口罩，已脏得发黑
这是他赖以流浪的家当
此刻的阳光下，那么刺眼

明前茶

野象群

每年清明时节
移居湖北恩施的表哥
都给我寄来明前茶
恩施富硒茶，不施农药
表哥说，一定留着自己喝
这个清明节，表哥说
今年疫情，茶收得晚了些

几年前回故乡
去乡下母校参加同学聚会
竟忘了到近旁一位亲戚家看看
当年他们那么穷，却为我
做了一顿美味的回锅肉

茶香氤氲，肉香扑鼻
这些舌尖上的往春气息
开始变得沉重
下一个救赎的春天
请不要在愧疚中来临

关于一匹马的选择

要天马蹄下的飞燕，不要驾驭它的天神
要射入昭陵六骏骨中的箭镞，不要仪仗队闪亮的铜镫
要悲鸿纸上泼墨狂鬃，不要《百骏图》精工细描
要逆风长啸的大漠，不要独自叹息的山丘
要一匹黑骏马，不要白宝驹

要孤独的毡房，不要舒适的马厩
要汁水新鲜的草尖，不要精心调配的饲料
要高原上狐狼出没的寒夜，不要任人摆拍的白昼
要祖先的东归，不要英雄的西征
要一匹年老的战马，不要一群新驯的坐骑

要马头琴奏出的长调，不要爵士鼓拍打的轰鸣
要铮铮作响的勒勒车，不要金光四射的御辇
要冰冷的缰绳，不要那雕花的马鞍
要沉默的蹄铁，不要那骄傲的璎珞
要一匹血统纯正的蒙古马
故乡在乌珠穆沁、乌审和克什克腾
要它致密的睫毛、壮实的骨骼和负重的品格

外婆说

野象群

从我记事起，外婆就很老了
一位弓身背柴火的老人
提桶喂鸡的老人
大清早起来做饭的老人
半夜把胃疼的我抱在怀里的老人
她爱唠叨
常对我们说：舀碗饭给那个可怜的叫花子吧
大热天不要总洗凉水澡
常对着争执的人们说：长草短草一把剜倒
常对着天空说：你个砍脑壳的老天爷……
而晚年的她已经失语
只能躺在床上，一声不吭

开饭店的表弟

他那只有几平方米的操作间
调料、肉类和蔬菜各自安好
小小角落，安抚着
前祁家庄很多流动的胃
富豪与打工族，流浪者与追梦人
都要一日三餐。这是城乡接合部的北京
望春园小店，价格不贵，众口好调
几个方言各异的回头客
就着一盘花生米、一份毛血旺
能在小店喝到半夜
他是我表弟，经营小店十年
在老家买了楼，开上了小汽车
跟他一起北漂的儿子也上了大学
当然他还赚了一头白发。累了就独自
喝杯二锅头，或者玩玩抖音
唱一出声嘶力竭的《甘露寺》
中国农民工的典型代表，我赞美他
赞美他麻辣混杂的坚守

赞美他五味调和的自足

最赞的，是灶台地面上那个深深的脚窝

那是长年颠勺调味、腾挪辗转的纪念

是一个叫任宝华的乡下厨师

用炉火照耀的十八般武艺创造的辉煌

对谈小记

写下的文字，疫后的生活
一位亲人的离去
这些，成为午后的话题
时光安静，红茶温存
谈点哲学也不高深
少年时曾造访这个城市
留下一帧帧失魂落魄的片断
黑白光影清晰。不得不说
我捡到了很多时间的金币
如同此时街头的银杏树
秋风轻轻一吹
每一次飘落都在叮当作响

野鹿

野象群

要写一首关于鹿的诗
那美丽的鹿角
闪耀着神性的光芒
野鹿，迈开四蹄纵跃一条壕沟
它的长睫毛遮住了媚眼
敏捷的长腿发出一丝迟疑和颤抖
就此跌落。曾游过宽阔的溪河
生命却囚禁于窄窄的水
这是在祁连山听来的故事，那时
我和一位藏族诗人在祁连草原放羊
那只野鹿，终被食其肉寝其皮
某个清晨，在北京
端起一碗滚烫的鹿肉汤
我迟疑着，双手发出一丝颤抖

自然的馈赠

高楼丛林中雅致的庭院
流水潺潺，梵音缭绕
沙尘暴这个不速之客
刚刚扑到玄一精舍的檐下
便知趣地安静下来
它也在侧耳倾听
这场树叶上举行的诗会
一杯千年香榧龙井春茶
是北纬三十度的馈赠
让精舍的春天氤氲远方茗香
让舌尖品味到“从前慢”
西施故里诸暨
美人曾路过这片香榧林
千年后的清风
携来古茶树的哗哗欢语
身披斗笠的老茶农
停下手中的铁锄
呷一口紫砂壶里的口粮茶

笑意顿时沿肺腑爬上脸颊

他皱纹交错的额头

隐隐荡起

一片绵延万里的山水

情书

心爱的姑娘
因为收到了你的信
“不幸”中了你的箭
这个周末便来得好慢好慢

你看
整个星期差点为回信失眠
星期一想好了如何称呼
星期二欣喜地发现一段名言
星期三拟定了开头的声声问候
星期四将看过无数遍的来信再次钻研
星期五决定不再引经据典出卖肤浅
只等这周末的日子
将几天的成果付诸笔端

别急
我写信水平独步全连
不在乎语言

只要求新鲜
即使有些离奇或许带点荒诞
也只缘于
爱，贵在制造悬念

虽然
我的情书没有许诺呢喃信誓旦旦
更没有城市浪漫，月下花前
但远隔千山万水
会给你捎来军号嘹亮，阳刚一片
让你无限醉心胜过短暂缠绵

相信
再过几天
红色的三角戳
会轻轻轻轻轻轻
飞到你日夜等待的胸前

冬天的回信

你说，我是初冬的瓦楞上
那层冰冷的寒霜
你说，我是白色的玉兰花
散发着那种高傲的芬芳
你说，我棱角分明的两唇
从不把你的笑容轻意分享

其实，将你说过的千言万语
细细掂量。沉默的我
早已热泪盈眶
当小家碧玉的冬天慢慢走来
我会牵着你的手，看潮落潮涨

那个渔夫和金鱼的故事
被我投进了昨日的信箱
而女王的幽灵
还会在漆黑无比的夜里
逃到我们的海上，兴风作浪

靠近我吧

请把你小心翼翼的眼睛

靠近我温暖而坚实的胸膛

枫

倾尽一生的血
红透自己
枫，在鸟鸣的早晨
燃起灵魂的火焰
摇曳成我满眸的美景
俯身拾起一页风霜
拜读这荣荣枯枯的经脉
最后的凄绝与冷艳
灼痛诗意的手
哦枫，在凝思的片刻
我早已领悟了整整一秋

老师的葬礼

野象群

千里迢迢回到家乡，竟遇上他的葬礼
照片上的他微笑着，坦然地
看着我，给他磕头、烧纸、燃香
眼神温柔慈祥

凄楚的鼓乐，乡土的哀歌
跳动的烛火隐喻他的一生
这是命运专门给我的
一次表达感恩与救赎的安排

生前好酒，双颊时常艳若桃花
喜欢打篮球，动若脱兔
多年不见的同学
在他的灵堂里打牌斗地主
用如此喧哗的方式
再陪陪这位爱热闹的老人

提笔，在挽联上写下他的名讳

覃仕建。二十世纪八十年代

曾教过我一学期代数课

雨夜读唐诗

野象群

绵绵的细雨落在我的窗下
而三百首唐诗早已把我湿透
孤灯不眠的夜里　渴望的
又岂止是一杯长醉不醒的美酒
明眸皓齿的你已飘然而去
一日千里的是朝发的轻舟
只有我还逗留在故人的村庄
用这些美丽的绝句叩问心头
当你看尽了江南的烟花枫桥的古刹
还会不会迎着黄鹤伫立名楼
我愿借巴山夜雨和唐时的清风
为你凝成一颗旅途中的星斗

在忧郁中醒来

忧郁在清早的雨滴里
在昏黄的路灯下
在远方的旅途中

忧郁在午后的清静里
在凌乱的字迹中
在沉默的电话上

忧郁在半杯残酒中
在远处的笙歌里
在夜的放纵后面

我的忧郁
在别人的安慰里
在空着的椅子上
在转动的锁孔中
在一觉醒来之前
在刚才的那点痛之后

怀念

野象群

怀念一个人
以及那些遥远的忧伤
怀念一个村庄
以及那些往日的时光
怀念一座城市
以及那些奇怪的梦想
怀念　是一杯黄昏的酒
醉意随夜色慢慢浓重

想去那座城市
火车速度越来越快
我的计划越来越慢
想回到那个村庄
村庄里的人越来越少
我心里的痛越来越多
想去见那个人
却渐渐忘记了他的模样

我是一滴海水

我不是真的一尘不染
是你的博大让我如此蔚蓝
我不是真的一丝不乱
是你的宽广为我抚平心绪
我是一滴漂泊的海水
你是我三生轮回的彼岸
沐浴你的光芒
平凡的世界也闪耀着灿烂

我为何总是彻夜不眠
是你的柔情让我如梦似幻
我为何总是随风走远
是你的呼唤让我千回百转
我是一滴苦涩的海水
心里藏着一粒爱的海盐
投进你的怀抱
多舛的命运也品味出香甜

雨季

野象群

一群忙碌的蚂蚁告诉我
今晚的北京有雷阵雨
我身体的某个地方
仿佛响起隆隆的雷声

夜幕下奔走的人啊
可否带好遮风挡雨的伞
前方，是否为你
留好了一个无风无雨的角落

七月的北京，夜夜雷雨
或热切或忧郁的眼神
定格在每一次闪电的刹那

走向雷雨的根部
我在挤满四合院的胡同里迷路
多年前，一个住在胡同里的年轻人

写的那出话剧
还在今天的舞台上电闪雷鸣
直叫台下的观众心事重重，泪雨滂沱

铁匠铺

野象群

是个故事
心胸广阔的人　请朋友一起打铁
张打铁　李打铁
一下一下抡起锤子　汗流的声音
与叮叮当当的击打声
合奏成一曲金属的颂歌
在风箱的极力鼓吹下
火苗　燃起内心的宁静
一把锄　一口刀　或者一块蹄铁
被这些匠人软硬兼施　从生到熟
最后在眼神里烙下水样的烤蓝印章
哧的一声　铁的气味留在童年的鼻孔里
闹市的边缘　铁匠铺
在持久的敲打声中升腾起片片晚霞
这是世间最有声有色的寂寞
环环相扣的一溜铁器
戳在门前的泥土里
在锈色漫上来的日子里
静静等待下一次温暖的回炉

四月的花园

适合饮茶，适合读书
适合阳光从这里照进卧室
适合慵懒的午后
我们坐在这里说闲话
花朵愿意为你保守秘密

仿佛从不曾荒芜
一个花园，存放着那么多时间
三角梅和月季各怀心事
剪枝时被刺伤过手
翻土时被砸坏过脚
这些小小的疼痛
回响着我身体的暮鼓晨钟

从花园到餐厅
我愿意劳碌奔命
哪怕做一顿简单的晚餐
忙出一个女人的滋味来

人间四月，深夜的花园露气依然沉重

披衣，轻轻扣上铁门

我必须在星光最亮时，回屋

雍和书庭的对谈

写《北京传》的邱华栋，和
写《故宫六百年》的祝勇
在雍和书庭对谈：如何书写北京

两位作家在北京生活了三十年
他们用纸上的一砖一瓦，再现了
一座城市的三千年和一座宫殿的六百年
故宫是北京的前世，北京是故宫的今生

北京，从前是蓟国都城、燕国都城
汉代广阳郡、唐代幽州……
今天是十四亿中国人的心上之城
紫禁城，从前是三朝五门、三宫六院、左祖右社
是明、清两个远去王朝的政治修罗场
今天是璀璨夺目的世界文化遗产

作家与拥趸在畅谈，庞大的都城
依然一秒一秒续写着城市发展史

北京和故宫，都未停止生长
不同读者眼里，北京的音调和亮度迥异
故宫却给人千篇一律的沧桑和神秘
时间不紧不慢，历史险绝丛生
一些人物走下神坛

从潭柘寺到金水桥，从中国尊到太和殿
时间与空间，子午线与酉卯线，月光与经卷
建筑美学风格流变，汇入时代的跫音
两本厚厚的地理志，一个愉快的文学江湖
爱书的人，在文字间触摸古都的呼吸
在书香弥漫的午后，聆听旧时的德胜门
正传来清脆的驼铃声……

此刻

此刻，东来顺的铜火锅在沸腾
一个老外笨拙地伸出筷子
他矜持的味蕾，顿时在唇齿间兴奋起来

北二环，绵延不绝的车轮
正把首都的道路仔细丈量
一位网约车司机与后排的乘客
索性讨论起久违的沙尘暴
像说起一位老朋友

电视台演播室，一个主播
做着直播前的最后准备
他再一次使劲抿了抿嘴唇
最新鲜的中国消息，即将出炉

一位快递小哥
在中关村的车流里左右游刃
等红灯的片刻

他点了一下车把上手机的屏幕
接下又一单外卖

外馆斜街的柳树下
驼背的老爷爷缓慢地收起理发工具
硬纸板上写着：专业理发 5 元
不得不说，这是全城最低价
柳絮飘起来，仿佛老爷爷剪下的那些白发

此刻，人间四月
北京时间十七点五十五分
阳光像金子般洒满大地

第三辑

有所铭

121 — 188

井冈山，毛泽东的三处旧居

一

毛委员的住处在大井很不起眼
与伙房相邻，房子小得有些难堪
木板床上那一铺稻草
还仿佛散发着庄稼的味道
房前那块方方正正的“读书石”
留着敌人利刃砍过的痕迹
留着疼痛的记忆，凛然不惧
当年毛委员时常坐在那石上
批阅文件，看书读报
屋后有两株大树
一株红豆杉，一株柞树
它们曾被敌人放火烧枯过
几十年后奇迹般发了新芽
开出了银色的小花
开在我们仰望的高度
还有老墙上斑驳的弹洞

以及八角帽绑腿和草鞋
还有关于红米饭南瓜汤的歌谣
以及天井里时而滴落的雨点
革命的物事，在走近井冈的心绪里
变得愈来愈亲切，不仅仅是缅怀

二

茨坪东山脚下的杂货铺
房东腾出一半给红军居住
朴实的土坯房，温馨的农家院
记得战士与老乡们一起愉快地拉家常
记得那个清俊的湖南大个子沉思的模样
毛泽东房间里最重要的陈设
是一对已经黑得发亮的箩筐
那是随他转战永不离身的机要文件箱
里面装的都是宝贝呀
著写的文稿，重温的典籍
还有从各处搜罗的报刊消息
这对箩筐承载了革命最初的光荣和梦想
晚上要写作，白天要打仗

有时还要和红军战士一起去背粮
新中国成立后，成了开国将军的挑夫自豪地说
“主席的著作是他老人家写出来的
也是我挑出来的”
挑夫名叫龙开富，房东名叫李利昌

三

茅坪的夜，八角楼的灯光亮到很晚
那盏清油灯，至今亮在无数人心里
连部以上夜晚办公可以点三根灯芯
堪称我军最初的待遇规定
但毛泽东坚持每晚只点一根
微弱的灯光下，光辉思想喷薄而出
队伍中不少人曾留学欧美，很有“国际范”
却为毛泽东朴素的理论倾倒
工农武装割据，农村包围城市
井冈山沟壑泥土里生发的道理
如漫山遍野浴火重生的苍松翠竹
浩浩荡荡铺陈出中国革命发展的规律
沿八角楼的木梯拾级而上

室内的床架桌子砚台油灯
贮满昔日的生活气息
保留着一个叫贺子珍的伟大女性
为这间阁楼营造的温暖体贴和无限爱意
毛泽东挥手离开后，八角楼
成为历史的一个醒目坐标
楼外，风正吹过英雄战斗过的土地
这片土地如今风景如画

不朽之旅

这个季节
北方的天空一片宁静
而你的心
却像亘古的河流在奔涌
你轻轻地摘下帽徽和领花
心头却有一份沉甸甸的思绪
总也搁不下

还记得那无数个清晨
我们用整齐的步伐迎来黎明吗
还记得在军营熟悉的小路上
我们互相致以的灿烂笑容吗
还记得那无数个日子
你用灵巧的双手接通的声声问候吗
还记得肩挎那支褪色的“五六”式冲锋枪
在夜晚的哨位上默默站成的永久姿势吗
还记得累了渴了
战友的手递过来的那碗甜甜的水吗

三年啊，我们在这里
患难与共，欢笑与共
如果不是这身戎装把我们聚到一起
我们哪里会想到
在这个纷繁复杂的世界上
在这人影川流里
有你，有我，还有他

我亲爱的兄弟姐妹啊
三年里
我们只有一个共同的名字
——战士
三年里
我们只有一个共同的称呼
——战友
这个在歌声里开始的称呼
被岁月加进了好多盐
再道一声时
那滋味是咸咸的

而今天
你就要离开这里

离开这片我们曾一起欢笑的树林
离开这块我们曾一起歌唱的土地
离开这座我们曾一起洒下了泪与汗的城市
我知道，此时此刻
你多么想痛苦地醉上一回
甚至想恣意地打一架
可所有的离愁别绪
和这份无可奈何的惆怅
以及被一千多个日日夜夜打磨光亮的段落
都将被你打进沉沉的背包
但不管到天涯到海角
你都不要忘记——
军营是你真诚炽烈的恋人
军营是你悲壮凄苦的往事
军营是你命运抗争的历程
军营是你梦里的一束浪花

一身旧军装
就这样别去
战友啊，我不知该用怎样的手势
把你从命运里唤回
离别的那一刻

请让我为你轻轻拭去脸上的泪珠
用我沉默的目光祝福你的不朽之旅
在夜夜不眠的灯光之下
我愿用自己苍白的笔
在泪水里溶解全部的真诚
为你作最后一次无言的承诺
为你苦吟一首悲壮的诗歌
啊，铭记军旅，铭记军旅

当冬季风从远古的内陆吹来
当辽阔的嫩江流域雪花飘飘
别忘了，北方这座美丽的城市
曾是你快乐无忧的家园

再喝一口炊事班烧的热汤吧
再摸一摸那古铜色的枪托吧
再拂一拂值班室桌椅上的灰尘吧
再握一握同志们的手吧
再唱一唱那支悲壮无比的歌谣吧

我亲爱的战友啊

雅安之殇

雨城雅安，今天泪雨滂沱
茶马古道，断成无数碎片

曾经缀满灾难与悲伤的巴山蜀水
再一次历经生命的劫难
汶川那时伤逝川，芦山又见芦花白
碧峰峡伤痕累累
可爱的熊猫睁着迷茫的双眼
青衣江浊浪滔滔
自由的雅鱼也在咆哮呼喊

从陆路，从空中，从四面八方
头顶军徽的人奔赴而来
大地，以震颤的信号
再次把他们聚集
军装的绿色，串起断裂的古道
体内的热血，驱散这个春天的寒意

这是真正的战斗
灾难是对手，死神是敌人
前面是万丈深渊，依然勇往直前
年轻的兄弟，倒在了征途中
出师未捷身先死
我多么不愿说出这悲壮了千年的诗句
战友为你点燃三支香烟
安魂的香烛，在稚气未消的脸庞飘散
举手致敬
为生命定格在这一刻的兄弟
为献出赤胆忠诚的年轻士兵

灾情就是命令
雷霆出击的滚滚铁流作证
人民就是父母
废墟之上飘扬的军旗作证
满面尘土满手伤痕的爆破能手
在打通生命通道后，长出了一口气
面对连续几昼夜做手术的军医叔叔
苏醒的小朋友认真地给他敬个军礼

雅安挺住，芦山不倒
军民相依定会创造奇迹

取名“向军”的地震小生命
那恬静的表情传递出安慰
让狂突的心跳渐次平静
让悲伤的眼神燃起希望

雅安，红叶之乡
当下一个秋天来临
会有满山红叶寄相思

边防父亲节

野象群

文艺轻骑队上高原慰问
父亲们，坐在这阴霾的下午
小马扎也很安静
当然，队伍里那些年轻的士兵
是未来的父亲
漫天风雪
恰如其分地到来
点缀一片深沉的脸
莫非，前方空地上
有一位女儿
正在如歌般诉说……

王家坝

一大早，全网都在提醒我
记住这个名字：王家坝
我老家邻村就是王家坝
但这个王家坝不在重庆在皖北
伍子胥曾从这里打马过乌江
刘邓大军曾从这里挺进大别山
王家坝镇下辖十四个行政村
有个村叫分洪，有个村叫自由

一群鹅，一群羊，一群牛
被驱赶着
随着一队队农用车流赶路
听不到牲畜们的叫喊声
它们也知道，吵是没用的
在泄洪的咆哮声追来前
最好安静地赶路

农用车上坐着八十岁的奶奶
和她那具厚重的棺木
大水一来，棺木就成了木船
往后怎么载她入土为安
四轮子上还有一台电风扇
没有通电，叶片却在飞转

蓄洪区一百多个庄台
或紧紧挨着大坝，或孤立于湖心
当然，水漫上来才是真的湖心
每个人都不是孤岛
带上八到十天的粮食
以及几袋被李时珍
收进《本草纲目》的淮山药
把家园腾出来，盛装庚子之水

又见北斗

古老的传说，
那是天上一个神秘的勺。
多彩的今天，
这是我们播种的星座在环绕。
抬头又见北斗星，
中国轨道如此多娇。
无论在天涯在海角，
你让我把前行的方向找到。

漫漫的长夜，
那是祖先一座引路的桥。
遥远的征途，
这是我们问天的精灵在微笑。
巡天遥看一千河，
中国北斗独领风骚。
无论在天上在人间，
再远也能听到你的心跳。

又见北斗，北斗群星闪耀，
中国梦想越飞越高。
又见北斗，北斗中国制造，
复兴的步伐一路领跑。

清明书

中国二十四个节气里，唯有清明
在季节之外，享用着一抹浓重的感情色彩
千百年，一条悲欢交织的泪河
在春分之后、谷雨之前
于天地人心之间百转千回，潮起潮落

公元前 636 年，割肉奉君的介子推
在熊熊烈火中归隐，那场大火
冷却了世人心中的火焰
“士甘焚死不公侯，满眼蓬蒿共一丘”
寒食节清明节，从此冷冷清清寂寂
华夏的血脉里，从此涌满慎终追远的情思

公元 353 年，永和九年三月初三
正是清明时节，一群文人在会稽山阴聚会
酒酣之际，右将军王羲之提笔挥就一篇序言
书法史上从此矗起一座至高无上的高峰

《兰亭序》，映带天地哲学、世俗人生
俊美飘逸的字里行间
凸现鼎盛繁华的乌衣巷，摇动秦淮两岸的陌上桑

公元 845 年清明，池州刺史杜牧祭扫归来
几缕春雨浇湿了他的衣襟
更浇湿了诗人惆怅的心境
杏花村的一杯浊酒
又岂能消融游子迁客的万千块垒

纸上的清明，描绘鲜活的过往
一幅《清明上河图》复活了历史的生命
汴河两岸，商队云帆
盛世美景在一回断肠的古曲里呈现
王侯将相，贩夫走卒
多少残梦遗失在雕梁画栋间

1937 年清明，国共两党同祭黄帝陵
强敌的鞭子正肆意抽打中华孱弱的躯体
山河疼痛，家国蒙难
毛泽东挥动如椽巨笔，蘸着滔滔延河水写下祭文
“民族阵线，救国良方，四万万众，坚决抵抗”

铮铮誓约，敬告列祖列宗
炎黄子孙团结抗日，势不可挡

1976 年清明，大地含悲
天安门广场，人民怀念一位好总理
“洒泪祭雄杰，扬眉剑出鞘”
万众心底汹涌的狂潮
在那个悲戚的春天惊涛拍岸
泪水和痛苦压抑得太久
必将在阳光普照下纵情奔流，决堤泛滥

一年复一年，清明复清明
这是与万物生长、与踏青郊游相伴而行的日子
唯愿永生永世，天地皆清洁而明净
年年岁岁，暮暮朝朝

奔月

野象群

你的名字叫嫦娥，
你的故乡在中国。
带着一个古老的约定，
你随风而去，奔向那浩渺的银河。

你的故事叫飞天，
你的使命是探索。
带着一个不屈的信念，
你随风而去，荡漾开宇宙的清波。

奔月的女神，漫步的嫦娥，
大地为你祝福，江河为你放歌。
热情的中国拜托你，
捎一枚请柬，送给遥远的星座。
和谐的神州嘱咐你，
采一朵祥云，描绘人间的春色。

透明的秋天

山曰百望山，楼号望京楼
山不奇，楼不高，但大地赋予了它
一个透明的秋天。四顾之下
近处芦花飞舞
远处城市沙盘拥挤不堪
山谷中隐藏栈道，松涛阵阵
犹闻七十多年前黑山扈那场厮杀之声

山脚下的草坪上
一座雕塑传出爽朗之声
毛泽东和他的战友
在秋天的午后喝茶谈天，共商国家大事
伟人的音容笑貌
凝固在透明的时间里

野果和落叶自由地铺满山径
多少风雨远去，黄昏天地澄明
历史和命运波澜不惊

心怀大爱，等待一场头脑风暴排空而来
风眼里，思想与理论迅速拔节

学会保持沉默
每一个登山者都是思想者

红木棉

都说烈士的鲜血染红了你
你的芬芳埋种在辽阔的大地
都说英雄的呐喊点燃了你
你的故事诉说着沧桑的往昔
默默无言走过风霜雪雨
你的身躯总是骄傲地挺立
红木棉，我们红色的宣言
你写下坚强的信念不屈的真理

在这美丽的都市又见到你
你的手臂高举起沸腾的火炬
在这和平的日子仰望着你
你的名字是一面鲜艳的红旗
绽开笑容迎来新的世纪
所有日子都是你灵魂的花期
红木棉，我们红色的眷恋
你奏响时代的强音，春天的旋律

涅槃之鹰

野象群

庞大的机群列阵蓝天
呼啸与轰鸣声震苍穹
由陆地到海洋到天空
这支军队跋涉了漫漫长路
从井冈的小径到三湾的枫林
从古田的清晨到遵义的寒夜
从延河的战歌到西柏坡的电波
不坠凌云之志，总有绝地起飞
转折关头，总有变革先声引领
看，这是新时代的万里长空
又一场自我革命的暴雨雷霆滚滚而至
淬火涅槃的雄鹰整装待发
远飞者将搏击更艰险的征途
沉稳的脚步，自信的回眸
欲乘刷新天地的浩荡东风
一身烟云，仗剑巡航壮美山河

中国战将

他们，依然还挺拔着山一样的背脊
他们，是苦难辉煌中最温暖的记忆
此刻，他们在找寻
找寻那些倒在胜利前夜的战友兄弟
多么年轻啊
一张张脸庞还定格在青春花季

我叫左权
是八路军副总参谋长，十八岁投笔从戎
三十七岁为抗日而死
我死而无憾
只是，我没尽到丈夫和父亲的职责
对不起女儿太北和妻子志兰
但看到我的亲人们和千千万万中国人
在和平的阳光下幸福生活着，我心已安

有一位战将，他是抗战中阵亡的最高将领
他用 49 年的生命之灯

烛照历史的寰宇
今天，中国的很多城市
都有一条大道，以他的姓氏命名

我，张自忠，第三十三集团军总司令
只要敌人来犯，我即与弟兄共同去牺牲
国家及五千年文化之民族
决不至亡于区区三岛倭寇之手
为国家民族死之决心
海不枯石不烂
我用生命，捍卫中国人的尊严

孤山冲，山重重
冲里来了彭雪枫
穷人穷，骨头硬
要跟雪枫闹革命

我是彭雪枫，新四军第四师师长兼政治委员
如果让我凭兴趣挑选工作
我愿作拂晓剧团团长、骑兵团团长
《拂晓报》的编辑和记者
我们更要办好新四军的“抗大”

锻造出一批批政治的军事家、军事的政治家
有文化的队伍，才能把日本打出中国去
有文化的队伍，才能建设好新的中国

我是中国远征军第五军二百师师长戴安澜
入缅作战，如本师长战死，以副师长代之
副师长战死以参谋长代之
若我为国捐躯，望覆东、靖东、篱东、澄东四儿
承我遗志，体悟我为你们取此四名之用心
覆灭倭寇，澄清东洋，赶走豺狼

战争从未让女人走开
日寇的残暴蹂躏着弱小的身躯
一封肝肠寸断的遗书和一只粗瓷大碗
让人们记住了一个伟大的女性——赵一曼

我是赵一曼，东北抗联第三军二团政委
国难当头，匹夫有责
矢志为人不为家，跨江渡海走天涯
男儿若是全都好，女子缘何分外差
未惜头颅新故国，甘将热血沃中华
白山黑水除敌寇，笑看旌旗红似花

白山黑水间，一个叫杨靖宇的汉子
领导东北抗联，在雪岭深山与敌周旋
由于叛徒出卖，将军弹尽粮绝身中数弹
日军切开他的胸膛
只找到了未能消化的草根树皮和棉絮
敌人惊呆了，支撑他的，到底是怎样的信念

我是杨靖宇
东北抗日联军第一路军总指挥兼政委
为什么，一把雪和一棵草根
就能成为我们的营养餐
那是因为，我们对一粒米的奢想
远远低于我们对于自由、和平的渴望
为什么我们能够在被团团围困的冰天雪地里坚持抗战
那是因为，我们对个人享乐的追求
远远低于我们对信仰、忠诚的坚守

胜利日的北京，碧空如洗
当抗战老兵们
敬着颤抖而坚毅的军礼
受阅经过天安门广场

这片硝烟飘过的土地
泪飞顿作倾盆雨

十四年抗战，中国三千五百万军民伤亡
国共军队二百八十二位高级将领壮烈殉难
七十年，八十年，一百年
我们要把那些闪光的名字
在心底一遍遍怀想，一次次默念
正义必胜，和平必胜，人民必胜
今天，我们要在浸满鲜血的土地上
为他们撒上一片圣洁的花瓣
今天，我们要用含泪的喜悦
为那些伟大的灵魂致以最崇高的礼赞

冲锋号

野象群

让我启开黑白光影般的记忆
轻轻拂去那把军号上岁月的尘埃
硝烟腾起，一个矫健的身影傲立
激越而尖锐的冲锋号霎时炸响
战马嘶鸣，杀声震天
埋伏的人潮突地涌起
每个人都瞪圆了冒血的眼睛

我不知该怎样去复制那刻骨的细节
怎样去找寻那失声的分贝
号声伴随硝烟远走
声波传导的距离
是几代人心灵与心灵的距离

革命的红旗
随着荡气回肠的旋律漫山飘舞
是娄山关的晚霞，还是延河的晨曦
是井冈的翠竹，还是大别山的霜菊

在金子般锃亮的号音里
摇曳出那么多炫目的颜色
擦亮了黯淡的天际

是强渡乌江还是激战平型关
是转战陕北还是挺进大中原
江涛怒放进攻的号角鸣响，追魂夺魄
山峦沉静安魂的哀曲低回，喇叭声咽
啊冲锋号
有多少勇士用流血的声音为你伴奏
就有多少诗人用燃烧的诗句为你抒情

是谁凤凰涅槃浴火重生
回到这车辚辚马萧萧的大地
高亢简洁的节奏让我蓦然回头
啊冲锋号
是你原生态的青铜之音
顶住无形波束的干扰
穿越时空而来

而你离开得太久了
与刺刀见红一起远离了战斗序列

对这复杂电磁星罗棋布的现代战场
一定有点水土不服
啊冲锋号
让我把你作为传令的标本
收藏进突突跳动的胸膛
在一个个风雨交加雷霆大作的暗夜里
伴我独步浪漫的精神之旅

英雄

多年伏案工作，我的脖颈痛又在发作
却长久保持仰视你的姿势
身体的酸痛不知轻过多少心中的酸楚
鲜花与旗帜簇拥的时刻即将到来
我在寂寞无声中深深注目

想起红场上的长明火
想起三千里外静默的松柏
想起南方异域你留下的那枚帽徽
一个晚生的军人
在黎明前流下热泪

你们终于回家
在异国的土地上躺了那么多年
一季一季飘落的雪花
迷茫了家的方向
迷茫了漫长的回家路

这个春天，以国家的名义
找回不堪的往昔

你们，凯旋的以及沉睡的
忍辱的以及流浪的
有名的以及无名的
都值得人们虔诚一跪
即便，你是迟迟归来的一个战俘

总有一天
年轻的身影还会扑向风雨
只愿葬身硝烟的人
不再等着这么久，等得睡梦都飘散
化成了冷冷的骨泥

今年没有冬天

当我们从梦想的港湾起航
平静的军旅，从此
增添了一抹汹涌澎湃的绚丽色彩
这一路走来，我们的每一滴汗水
都浸透着光荣与梦想

我们是听风的人
目光犀利，快速出击
几个月的海上生活
我们习惯了在战斗铃急促响起时保持镇定
习惯了在没有电话短信和网络的打扰里
享受内心的宁静，习惯了
对一只飞鸟或一朵云彩保持长久的凝望

也许待到编队返航
一些人就要脱下这身挚爱的军装
但我们把一个个踏踏实实的日子
撒在了亚丁湾

这些散发着腥咸味道的日子
值得我们一生慢慢回味
亚丁湾，已铭刻在我们青春的履历上

此时的中国北方
雪花正飘扬
而对我们来说
今年没有冬天
亚丁湾的日光
让我们的肤色更加黑亮

今年没有冬天
我们在北回归线以南
体验着夏日的激情
穿越着无边的风浪

今年没有冬天
战士胸中却装着
四季分明的中国
我们将在亚丁湾过年
在万里之外把雪花飘飘的故乡遥望

在迎春花悄然绽放的日子
祖国会铺展开春天的画卷
当田野里麦浪翻滚
故乡会收获秋天的金黄

今年没有冬天
就让我们在心灵的天空
写下一个冬天的祝福
我们在季节变换的时候
保持着不变的航向

最南

野象群

在三沙，似乎一切均可冠名“中国最南”
中国最南的邮局，中国最南的学校
中国最南的图书馆，中国最南的电影院
中国最南的市政大楼，中国最南的海鲜夜排档……
雄鸡版图上这个年轻的地名
每一处都耐人咂摸，风光无限
此时，我是中国最南的行吟诗人
我要把这里的一切写进诗行，向祖国报告

最南的学校里，孩子们欢快地玩着游戏
教室墙上贴满稚嫩的彩色图画
每幅图画上都飘扬着一面五星红旗
最南的影院，观影的情侣面颊泛红
文艺片《风中有朵雨做的云》正同步热映
网购的快件从四面八方汇聚到最南的邮局
满载湿润海味和椰林风情的小小邮戳
正一枚一枚从这里飞出，把这座年轻城市的消息

热切地告诉远方的朋友
最南的社区广场，跳广场舞的大妈大爷
他们舞动的每一步都踏响着这片祖宗海

这是北纬 16 度 50.1 分、东经 112 度 19.8 分
碧波的怀抱里，今天的三沙
每一根小草和每一颗沙粒都珍贵无比
岸边的礁石上，静默着一幅战士守望天涯的剪影
他握枪的身姿始终面海而立
水兵帽的飘带随风起伏
仿佛思念的潮水，在轻轻涌动
三沙没有冬天，但战士的心中
装着一个四季分明的祖国

落日闪着金光，军歌嘹亮
收获的渔舟从浪花里归航
傍晚的群岛镀着一层泛蓝的光
蓝光点亮了跑道上滑行的机群
看吧，这是中国最南的空中方阵
永兴岛是一艘泊在大海里的航空母舰
西沙老龙头，宛若辽宁舰甲板上那优美的十四度翘角

勇士们在暗夜之前昂首起飞，一束束轰鸣的光焰

沿着海天之间的漂亮轨迹骄傲地掠起

他们是三沙上空的鹰，正向更南的远方巡逻

永兴岛的路

永兴岛上有两条大马路
一条北京路，距离首都北京两千六百八十公里
一条宣德路，距离大明宣德朝五百八十四年
抬望眼，面前恍然浮现八达岭长城坚实的垛口
惊回首，烟波处驶来了郑和下西洋的庞大舰队
时空交错，我不敢走得太快
怕一不小心走进历史深处
被远去的舟帆拂落一身湿漉漉的海水

珊瑚石建成的博物馆，陈列着一本《更路簿》
手抄的方块字，墨色里溅出海的腥咸气息
打捞起祖先闯荡南海诸岛的记忆密码
航线、洋流、暗礁、风向
迢迢航路，铸就先辈们搏击大洋的生命之书
琼海市潭门镇，今天仍有渔民皓首抄录
在纸笔的游走间与先辈对话
海面寂静，红日将出，帆影齐动

手捧古老的南海天书，开始一场庄严的祈祷
向海的深处不住呼唤

涛声阵阵，许是祖宗海悠远的回答
北京路听见了
道路两旁的椰子树、草海桐、羊角树听见了
它们撑开伞盖，送来一路惬意的阴凉
宣德路听见了
嫩瓣的三角梅、鸡蛋花、马鞍藤听见了
早已织好一条迎客的花径
伫立于此的收复西沙群岛纪念碑听见了
碑上红色的铁锚听见了
夜阑卧听风吹雨，哗哗滑动的锚链
灌满带血的低沉的咆哮

涛声阵阵，天上飞过的一群红嘴鲣鸟也听见了
它们是三沙称职的引路员
只有它们有如此强大的背景
任性地操一口中国海的方言，对远来的人们说
从北京路到市政大楼一分钟
从宣德路到西沙宾馆也是一分钟……

岛长

北中国大河奔流，南中国岛礁闪烁
北“河长”，南“岛长”
这是绿水青山呼唤而来的职务

三沙市七连屿总岛长邹志，湖南新化人
退役前是海军上校，雷达旅副旅长
一身戎装远去，仍魂牵梦绕浸透军旅的大海
血性军人，渴望装点河山
英气逼人的汉子，渴望站成一棵树
把荒岛一点点染绿

那时，岛上无水无电
如今风力发电、光伏发电纷至沓来
海水淡化工程落地，移动网络全覆盖
渔民新村登上最美乡村领奖台
星光闪动，明亮的灯塔告诉往来的舟楫
这里是海上丝绸之路的美丽驿站

一块“岛长公示牌”让邹志无处不在
一只海龟能找到他，一株木麻黄能找到他

一窝鸟蛋能找到他
水边漂浮的一个塑料瓶也能找到他
每年两百多天钉在岛上，面朝大海的日子
成为军旅岁月的平静续章
日升月降，潮落潮涨

每一只上岛产卵的海龟，二十年前都出生在这里
曾几何时，它们眺望布满垃圾和陷阱的故乡
只能叹息一声，怅然远去
岛长立下军令状，誓把七连屿建成海龟的天堂
渔民洗脚上岸，捕龟人变身保护员
今年，白沙滩的海龟蛋一举达到两百窝

守护海洋生命的活力，如同在时光里采撷朵朵浪花
目光漫过蓝天沙滩，漫过海底的崇山峻岭
邹志心底呼啦啦生出创意
要让富有爱心的人，都来认养一棵三沙的树
一棵棵代表主权的树，茂盛在南中国的坐标上
首批五百棵椰子树，一天之内被网友全部认养
亲人们，给每棵树都起了一个诗意的名字
从此每天牵挂着这片海，鼠标小心翼翼地点击
看着那棵树，像孩子一样茁壮成长

蓝

浅蓝，湛蓝，湖蓝，钴蓝
清蓝，灰蓝，蔚蓝，深蓝
各种蓝。是光的涟漪，是日与夜的情话
氤氲出五光十色的蓝
是遥望的故园，是这片海水紧握的盐
分解出这么多关于蓝的不同味道
最终让我沉迷，不可自拔
三沙，只有你如此纯粹和深邃
只有你美得这么一尘不染
挥一挥手，就游来一尾中华鲎
这地球上最古老的物种之一
因为注入了青铜的基因，它的血液
流淌成了令人惊心的蓝
三沙，我渴望在你的风暴里骑行
给我鞍鞯，给我一头鲸的冲撞与温驯
让我游牧于这片蓝色圣海
静静踏访那场海战的疆场
倾听波涛里早已沉寂的炮声

甚至潜入水底，打捞一块锈迹斑斑的弹片
且让无边的蓝把我覆盖
给我孤寂，即使寻觅不到夜航的桅杆
我愿独享这份沉重与忧伤。我相信
这是跨越整个大海
给我的，愈来愈近的柔情

咫尺天涯

十年前我在亚丁湾护航
返航时第一次拜访永兴岛
远行回家，就是在这里
踏上祖国坚实的土地

当我再次登临
三沙，大海中这座年轻的城
如一位渔姑换上了盛装
为我斟上一杯香浓的茗茶

熟悉的军营，美丽的渔村
南海前哨的军民
共同守护祖国南大门
高天阔海中崛起一幅傲世美景

咫尺天涯，出自《左传》的成语
适合解释今天，离得好远又好近

预想下一次登临，群岛之间
将架起座座长桥，高速路已在海面铺展

博大的海洋，流浪的地球
将与哪一个未知星系近在咫尺
比邻星远吗？南门二远吗？
有多大本事就走多远的天涯

中国是一座永不停歇的座钟
三沙是一柄钟摆
在云飞浪卷的南海上
每时每刻，都与祖国同频共振

大爱如光

没有不可逾越的冬天
回首一切已成从前
时间滴滴答答找不到暂停键
人间几度风雨，灯火依旧璀璨

没有不会到来的春天
推开门窗就在眼前
光阴一寸一寸漫过了每张脸
梦里出走半生，归来仍是少年

万物向阳生，一路相依伴
滚烫初心问你可曾改变
时代的一朵光，苍生的一片天
你我温暖汇成川
看那光芒满人间

清澈的爱

——写给陈祥榕烈士

野象群

十九岁，多么清澈
背靠雪山，皲裂的双手剥着一只橘子
全中国的朋友圈
都记住了你稚嫩帅气的脸
抿着嘴微笑，看得见你内心的甜
手捧的，难道是家乡屏南盛产的脐橙

那年父亲患癌，你整夜为他按摩
父亲走后，你成了家中唯一的男人
高中毕业报名参军，决定去最艰苦的地方
入伍第一个月就把津贴寄给奶奶

战斗结束清理战场
发现你还紧紧护着营长
即使倒下，仍保持战斗的姿势
交出生命时只有一句话：
清澈的爱，只为中国！

兄弟，忠诚和孝道

你都无可挑剔

天下的儿男，失眠于你的长眠

愿享受和平的人们

从此把你的名字默念

连同所有的城市和乡村，河流及山峦

中国风拂过亚平宁半岛

野象群

这是意大利国花雏菊盛开的三月
亚平宁半岛的雏菊在风中无助地摇曳
疫情飞速蔓延，意大利告急
万里之外的东方，一个医疗专家组火速集结
从北京到罗马，逆风而行的队伍
甚至来不及与家人道别

意大利，我们来了
满载口罩、呼吸机、药品和试剂盒
我们从铿锵的希波克拉底誓言里驰来
挽着黄河长江的春潮，黄山长城的春风
我们从“一带一路”倡议的字里行间奔来
怀揣着血和生命换来的抗疫经验
我们从“人类命运共同体”宏阔的版图中赶来

意大利，我们来了
我们不会忘记，二〇〇八年汶川大地震
中国感受到亚平宁半岛雪中送炭的温暖

“消失吧，黑夜！黎明时我们将获胜！”
歌剧《图兰朵》最深情的唱词
今天再度点燃——普罗米修斯一般的光和热

意大利，我们来了
这是风雨交加的时刻
从帕维亚到贝加莫，从帕多瓦到米兰
哪里疫情最严重，哪里就有我们披甲迎战
来不及品味文艺复兴留在这里的灿烂硕果
每天工作长达十四个小时
顾不上看一眼古老城堡驶出的那乘优雅马车
快速提高公众和医护人员的防护意识
古丝绸之路两端的文明古国紧密合作
果断实施封城，建立方舱医院
天使与病毒赛跑，必须抓紧抉择

意大利，我们来了
我们从遥远的东方赶来
内心还有未抚平的悲伤与折磨
“病人之病、忧人之忧”，在这蔚蓝群岛簇拥的土地上
在华丽的穹顶，春蚕的睡眠，掉落的松针
以及风暴的漩涡里，我们以真心，无畏，正直和同情

传播着远古的仁爱与智慧
ICU 病区的人们，向防护服上写着的“中国”
竖起了大拇指，把双手按在了心窝
这片天空下的信心，被我们一点点激活

意大利，我们来了
第一批，第二批，第三批
危难之际，只有中国组成的医疗专家组
在亚平宁半岛延续着这样的接力
表明中国决心，介绍中国方案，传递中国温度
中国作出了坚定的承诺

意大利，我们来了
灾难给了我们太多感动，也给了我们太多不舍
那天，罗马街头突然响起《义勇军进行曲》
有人在大喊：谢谢中国
一位朋友说：疫情结束，他想拥抱每一位中国人
这，就是我们在这片土地上得到的最大快乐
当美丽的雏菊在亚平宁半岛又一次盛开
无边的花海，定会飘荡起遥远的颂歌

信任

经受了无数风霜雷霆的土地
这个春天姗姗来迟，漫天的飞雪失去诗意
瘟神的魔爪从黄鹤起舞的地方
伸进中国的肺叶
楚天失色，江城告急

“解放军来了，子弟兵来了”
除夕夜，一队队穿军装的白衣战士从天而降
欣喜伴着镇定，在恐慌的人群中传递
这声音，曾响在一九九八年的荆江大堤
二○○三年的小汤山，以及二○○八年的汶川
灾难中的人民，呼唤着这支队伍的乳名

涨潮的眼睛，涌起长江急促的波涛
争着交上请战书，按下红手印
病中的父母，初生的婴儿，重逢的恋人
以及所有的疼痛和生活的锋利
随着集合的号令一并收藏进心里

靳桂明，中部战区总医院感染科退休专家
身有疾病仍请缨上阵
奋战四十八小时，现场指挥改造标准病房
为抢救患者赢来第一时间
李晓静，十七年前曾鏖战小汤山的退役护士长
回到老部队请战，随医疗队驰援武汉
军装穿在她们心里，永远脱不下来了
身负信任的人，在西波克拉提斯宣言里
写下了闪光的名字

疫病是一场没有硝烟的战火
千载白云，将传颂这个春天的故事
军装穿行的身影成为希望的身影
军徽闪耀的地方就是胜利的地方
逆身而行的战士，舍身为国的灵魂
誓死守护人民对一支军队的信任
大地上没有荣耀的必经之途
只有那些伤口和牺牲铸就的不朽荣光

延安的色彩

红

红色圣地的红
是五角星上最亮的一抹
是战旗上血色最浓的一抹
是燎原烈火中最迅疾的一抹
是山丹丹花丛里最鲜艳的一抹
是边区老乡捧出的大枣上最深情的一抹

一抹一抹的红
洇出中国革命的原色
信仰之色，点亮神圣图腾
马蹄声碎处，喇叭声咽里
目光执着的人擦干血迹，继续前进
他们眼里，红旗与春风正漫卷大地

今天，这么多胸佩党员徽章的人
工人、农民、解放军、学生、公务员
沿圣地大道、枣园大道、杨家岭路走来

他们拥有英特纳雄耐尔的基因
每一个都是九千五百万分之一
走来的，还有系红领巾的少先队员
只为那一抹走心的红……

沿着一串红辣椒和一曲红绸舞的指引
沿着崎岖的山路和奔流的延河回溯
故事沉淀为红色的记忆
歌声演绎成红色的旋律
舞台回响着红色的经典
中国，发出了新时代的红色宣言

银

南泥湾，三五九旅的棉田是银色的
八路军战士一手拿枪一手扶犁
大生产的歌谣此起彼伏
重重封锁下，“陕北的好江南”别有洞天
延河边，中直机关放养的羊群
是散落山间的云朵
是“自力更生、丰衣足食”的生动图景

鲁艺人自制的那把小提琴
琴弓上的马尾是银色的
那些白色战马的四蹄
曾蹚过湘江赤水，走过雪山草地
踏过娄山关的月色，掠过腊子口的呐喊
它们飘逸的马尾，如今跳动在琴弦上
奏出红色圣地最激越的音符，琴声如诉
抚过战马、战士以及战神的累累伤痕

荡气回肠的《沁园春·雪》是银色的
一九三六年二月，陕北的简陋炕头上
诞生了人间最浪漫的辞章，漫天皆白
大地的宣纸上，千古风流人物被一一点名
寒光过处，提刀厮杀的王侯将相隐没于茫茫大雪
吟咏之间，一孔孔窑洞打开了温暖的门

灰

延河边，穿草鞋的女兵掬水洗脸
灰色的军装是统一的装束
衣袋里装着一本《论持久战》
或者一本《大众哲学》

军装洗得发白，甚或打满补丁
学习训练、上台演出依然得体
她们来自大城市，大多家境殷实
胸膛里涨满革命理想
当然，也喜欢给灰军装弄一些小时尚
比如，缝一道衬领，给扣子包上一层布
保育院孩子也穿八路军军装
宽大得有点夸张，让人落泪
一顶灰军帽，便是最精心的打扮
从领袖到士兵，从大人到小孩
都与补丁亲密无间
衣衫褴褛的军队，只要被胜利装饰
一块补丁就是一枚勋章
在延安，灰，是一种旋律
是一百度的热情、忧郁和坚韧的混合体

蓝

一双又一双蓝眼睛，被延安吸引
会说话的蓝眼睛，把与众不同的延安
告诉了世界

埃德加·斯诺，从北京向西，一意孤行
带着两架照相机和二十四个胶卷
在保安，咔嚓一声，定格了毛泽东清俊的脸
照片登上了美国《时代》生活周刊
世界惊呼，红军领袖如此帅气逼人

贫瘠又神奇的地方，没有乞丐也没有腐败
人心是自由的，阳光是明亮的，歌声是快乐的
毛泽东吃的是小米饭
周恩来睡的是土炕
彭德怀穿着降落伞做的背心
林伯渠戴着一副断腿眼镜……
斯诺眯起蓝眼睛，断然向世界宣告
神啊，中国共产党是一颗闪亮的红星
必将照耀全中国，照耀全世界

艾格尼丝·史沫特莱无比兴奋
她温柔妩媚的蓝眼睛
在延安看到了最有魅力的男人
她是记者，也是窑洞图书馆管理员
还是西方交谊舞传播者
宝塔山下，周末的圆舞曲荡漾一片蓝色海

安娜·路易斯·斯特朗
她与毛泽东对谈的石桌石凳余温犹存
“一切反动派都是纸老虎”，听到这个论断
她那蓝色的眼睛亮了起来，一群白马驰过
从那一刻起，她决定在此度过余生

诺尔曼·白求恩大夫的蓝眼睛永远闭上了
这双蓝眼睛，毛泽东在凤凰山窑洞里凝视过
聂荣臻在晋察冀凝视过
无数医生、伤员、老乡在前线凝视过
睡梦中，他回到了故乡安大略湖
回到伐木工人的日子，去爱自己的女人

黑

一块黑黑的炭，很轻
却蓄满熊熊的火
枣园纪念广场，张思德不寂寞
这么多与他同龄的年轻人列队于此
对着手机屏，齐声诵读《为人民服务》

此时，这七百多个汉字具有黑色之重
让一切音乐、游戏、电影和话题失色

一根黑黑的生铁条
放在毛泽东在枣园的办公桌上
边区人民报喜的礼物
来自大生产运动炼出的第一炉铁
它成了“镇尺”，用来捋平粗糙的马兰草纸
一支毛笔彻夜游走，光辉思想喷薄而出

一群黑色的燕子
在梁家河村委会屋檐下忙碌
这些幸福的使者，掌握娴熟的建筑艺术
每个燕窝都准确筑在窑洞的拱门上
当年，年轻的后生当了支部书记
带领乡亲们早出晚归
他的檐下，也有一窝勤劳的燕子

所有质感厚重的黑
都孕育着胆识、哲思与光亮

绿

野象群

彼时，延安是一幅单色版画
光秃秃的黄土
创业精神裸露无遗
今天，延安是一幅斑斓油画
沟沟峁峁铺满绿色植被
盛开的山丹丹花为城市代言
“对照过去我认不出了你
母亲延安换新衣”
宝塔山绿了
延河两岸绿了
广袤的西部大地绿了
表里如一的山河
从来没有如此自信
微风过处
传来苹果、酸枣、丁香的密语
那是关于愚公移山、绿水青山的美谈

金

宝塔是金色的
黄土地是金色的

杨家岭早晨的霞光是金色的
毛泽东窑洞里的灯光是金色的

子弹是金色的
冲锋号是金色的
亮澄澄的小米是金色的
旗帜上的镰刀锤头是金色的

奔腾的黄河是金色的
艄公宽厚的脊背是金色的
高亢的《东方红》是金色的
咆哮的《黄河大合唱》是金色的

百战沙场是金色的
百年沧桑是金色的
前进的道路是金色的
伟大的梦想是金色的

中国好诗

心上没有诗，就像地上没有花朵

第一季

《山中信札》·路也 著
《为何生命苍凉如水》·刘年 著
《女巫师》·宇向 著
《山冈诗稿》·王单单 著
《悬崖上的沉默》·雷平阳 著
《去人间》·汤养宗 著
《无端泪涌》·陈超 著
《必要的天使》·臧棣 著
《白云铭》·江非 著
《我们来谈谈合适的火苗》·杜绿绿 著

第二季

《让我背负你的忧郁》·郑玲 著
《响器》·马新朝 著
《半张脸》·商震 著
《个人简历》·娜夜 著
《挑滑车》·轩辕轼轲 著
《徒步穿越半个城市》·邰筐 著
《向命要诗》·沈浩波 著
《栖真之地》·桑子 著
《无数灯火选中的夜》·冯娜 著
《数星星的人》·玉珍 著

第三季

《妥协之歌》·李南 著
《用小号把冬天全身吹亮》·梁晓明 著
《空楼梯》·胡弦 著
《自己的心经》·叶舟 著
《锦瑟》·何向阳 著
《隔空对火》·荣荣 著
《我们的暴雨星辰》·姜念光 著
《浅妄书》·蓝野 著
《微甜》·白庆国 著
《大师的葬礼》·严彬 著

第四季

《事到如今》·张新泉 著
《入林记》·张二棍 著
《落在海里的雪》·王小妮 著
《群峰无序》·大解 著
《数一数沙吧》·沈苇 著
《镜中》·舒丹丹 著
《自然主义者的庄园》·阎安 著
《我不想大张旗鼓地进入你的生命之中》·巫昂 著
《一株麦子的幸福》·罗振亚 著
《我本孤傲之人》·江一郎 著

第五季

《山顶》·李琦 著
《大地上万物皆有信使》·刘立云 著
《深情可以续命》·潘洗尘 著
《大鱼》·徐南鹏 著
《今生荒寒》·殷龙龙 著
《镜中白马》梁尔源 著
《爆破音》·胡茗茗 著
《逆风歌》·张远伦 著
《余音》·灯灯 著
《不能的风》·余幼幼 著

第六季

《万古烧》·张执浩 著
《编织蓝色星球的大海》·邱华栋 著
《世界的每一个早晨》·谷禾 著
《濒临》·龚学敏 著
《山河边关记》·丁戎耕 著
《不惑的绳结》·张常美 著
《封龙获鹿》·孟醒石 著
《开门见山》·慕白 著
《一个声音离开了合唱团》·臧海英 著
《雪旅》·张烨 著

第七季

《苍山下》·赵野 著
《我已寂寞过了》·人邻 著
《思想过程》·梁鸿鹰 著
《收集风声的人》·姚辉 著
《云尽处》·马占祥 著
《我想活得像一朵云》·罗鹿鸣 著
《除了爱和祈祷，我别无长物》·吕达 著
《野象群》·丁小炜 著
《日常礼物》·康雪 著
《在众生中被辨识》·李长瑜 著